William Shakespeare

折れた弓

シェイクスピア
「ヘンリー6世」3部作の起源

平松哲司
Hiramatsu Tetsuji

亜璃西社

折れた弓

——シェイクスピア「ヘンリー6世」3部作の起源

目次

装幀　江畑菜恵［es-design］

イントロダクション

ヘンリー6世3部作は、ウィリアム・シェイクスピアがロンドン演劇界でデビューした作品と考えられています。このイントロダクションでは、シェイクスピアが故郷ストラットフォードを離れ、ロンドンで劇作家/役者としてのキャリアを始める前の状況を、豊富とは決して言えない資料から描いてみます。

まず、なぜシェイクスピアが演劇を志望したのか、という問いがあります。これにはさまざまな要因がからんでいるので、簡単には答えは得られないでしょう。思春期のシェイクスピアがドラマを実際に体験する機会は、十六世紀の地方小都市（村といった方が正確でしょうか）ストラットフォードでは非常に限られていました。一つだけある例外が、地方巡業中の旅役者です。シェイクスピアが思春期、そして青年期を過ごした一五八〇年代、ストラットフォードを訪れた役者たちの足跡は、町の記録に残されています。

記録に残っている限りでは、一五八〇年から一五八八年の間、旅の役者たちは都合十四回ストラットフォードを訪れています。シェイクスピアが十六～二十四歳の時期です。この数字が多いのかというと、そうであったと言えます。ストラットフォードのあったワリックシャーはロンドンから比較的近く、道も割と平坦で整備されており、周辺に伝統的に芝居に関心、あるいは理解のある町が多く、旅役者の立ち寄ることが多い地域だったからです。

劇団の種類はまちまちで、おそらくロンドンからやって来た貴族のお抱えの劇団もいたでしょうし、地域のセミ・プロの劇団、素人芸人の率いるローカルな集団も中には混じっていたようです。めぼしいところを見ていきますと、一五八二年一月にウスターズ・メンという劇団が訪れています。ウスター伯爵をパトロンに仰ぐ劇団で、当時十六歳だった将来の名優エドワード・アレンが参加していた可能性があります。この年、シェイクスピアはアン・ハサウェイと結婚しています。

一五八三年あるいは八四年に、「デヴィッド・ジョーンズとその一座」が上演して五シリングの報酬を受けとっています。この人物はストラットフォードの人間で、シェイクスピアの妻アンのいとこフランシスの夫です。想像ですが、ストラットフォードの町の中でも何かしらの演劇活動が行なわれていて、ひょっとして記録に残っていない上演が、町の公共施設や庁舎で行なわれたのかもしれません。こうした演劇サークルの手伝いに、ウィルがかりだされたと想像することは楽しいものがあります。

さらに一五八七年もしくは八八年に、レスター伯爵をパトロンとするレスターズ・メンがストラットフォードを訪れています。この時期、この劇団にはジェームズ・バーベッジ（シェイクスピアが所属したことが確認されている唯一の劇団、ロード・チェンバレンズ・メンのリーディング・アクターであるリチャード・バーベッジの父）、ウィリアム・ケンプ、ジョージ・ブライアン、トマス・ポープが在籍していたことがわかっているので、もしかするとこの地方巡業に彼らが参加していた可能性があります。このとき、若いウィリアムが役者としての才能を買われ、レスターズ・メンにリクルートされたとする説もありますが、希望的観測の域を出ないでしょう。

ちなみに、シェイクスピアの父ジョンはこの時期、町長を何期か務めました。役者が町や村で上演するのを許可するのは基本的に町長と町議会なので、少なくともジョンは演劇に拒否反応を示すような人物ではなかったようです。のちのピューリタンの地方自治体首長は、上演させぬために、何がしかの金を役者に渡して追い払いました。

若いシェイクスピアが演劇と接触した大きなポイントとなるのが、ストラットフォードから十九キロにあるケニルワースで、一五七五年にレスター伯爵がエリザベス女王のために開催した大掛かりなエンターテインメントです。シェイクスピアが十一歳の頃です。エンターテインメントは三週間近くに渡って行なわれ、大掛かりな仕掛けのスペクタクルが昼夜を分かたず繰り広げられました。シェイクスピアは家族や近隣の人と連れだって、これを見に行ったと想像されます。

と言うのも、彼の作品にこの催しを回想したとしか思えない場面があるからです。このエンターテインメントの「目玉」に、人工の池から「湖の女王」がエリザベスに挨拶し、神話で有名なアリオンがイルカの背に乗って現われるシーンがあります。*1「十二夜」1幕2場、難破した船から脱出した主人公ヴァイオラの兄セバスチャンの描写（「イルカの背に乗ったアリオンのように、波と馴染みあうかのようにしていらっしゃるお兄様を、この目で見届けました」）は、おそらくケニルワースのスペクタクルを元にしているというのが大方の意見です。

また、劇作家／役者としてロンドンに進出する以前、シェイクスピアがロンドンを訪れたかもしれない状況証拠があります。一五八七年、父ジョン・シェイクスピアはエドマンド・ランバートという人物を訴えました。土地の利権売買に際しての支払い未納が理由です。公式の訴訟人はジョン、妻のメアリー、長男のウィリアムです。

この裁判は結局、長期化したことで自然消滅し、後日劇作家としてロンドン在住のウィリアムが、一五九七年になって訴えを再開することになります。一五八八年にその訴えが初めてロンドンの王立裁判所に届いたとき、事情聴取のため、シェイクスピア家の誰かがロンドンに呼ばれたはずです。ジョンがウィリアムを連れて、あるいは高齢の父の代理としてウィリアムが単独でロンドンに旅したと考えるのが自然でしょう。ウィリアム二十四歳のときです。

一五八八年といえば、クリストファー・マーローの新作がロンドンの劇場雀のあいだでもっぱら噂だった頃です。仮りにウィリアムが、マーローの「タンバレイン2部作」の一部でも観る機会があったとしたなら、彼の背を押した最後の要因となりえたはずです。*2

ロンドンに居を転じたシェイクスピアが、どこに住まいを見つけ、何を職業としたかについては資料がなく、想像でしか語れません。どこかの劇場で「下働き」(servitor)として働いたとする説や、馬をつなぐのが仕事だったという説もあります。いずれも又聞き、ゴシップの域を出ませんが、地方から身寄りもいないロンドンに独りでやって来た青年が、劇場に近い環境で見つけられる仕事としては妥当なところかもしれません。

また、十七世紀のゴシップ伝記の達人、ジョン・オーブリーの言によると、シェイクスピアは最初、ロンドン郊外のショーディッチに住んだということです。ここにはザ・シアターという本格的劇場があり、界隈には多くの役者や劇作家が住んでいました。この説の証言者は、劇団でシェイクスピアの同僚だったクリストファー・ビートソンの息子ウィリアムです。もしこれが真実とすると、当時のシェイクスピアは劇作家マーロー、ロバート・グリーンに加えて、クイーンズ・メンの看板道化役者リチャード・タールトン、そしてザ・シアターのオーナーであるジェームズ・バーベッジと息子リチャードの隣人だったことになります。

身寄りがないと言いましたが、知人がロンドンにまったくいなかったわけではありません。一五九四年に出版されたシェイクスピアの処女詩集「ヴィーナスとアドーニス」を印刷したのは、リチャード・フィールドという人物ですが、彼はストラットフォードのグラマースクールでウィリアムと一緒に学びました。フィールドの家はなめし皮職人で、社会的階層としてはシェイクスピアとごく近い環境にありました。ちなみに、シェイクスピアの父ジョンは、もともと手袋職人でした。

シェイクスピアがロンドンにやって来たとき、フィールドはすでに見習い期間を終え、フランスから宗教的弾圧を逃れて亡命したユグノー（フランスのプロテスタント）であった親方の未亡人ジャクリーヌと結婚していました。のちのシェイクスピアに見られる、オランダ人、フランス人との深い交友関係の始まりの一つと考えてもよいでしょう。

シェイクスピアが役者として舞台に立ったことは、今日ほぼ既成の事実となっています。シェイクスピアとマーローの作品における決定的な違いを求めるなら、マーローが役者としての経験を持たないことです。シェイクスピアは特に国王の役が得意で、「ハムレット」の父の幽霊を演じた可能性を指摘する声もあります。確かに、役者として劇場世界に入ったことは間違いないと思いますが、雇用者である劇団の商業マネジメントの観点から見ると、むしろ劇作家としてのシェイクスピアの資質に魅力を感じたはずです。

役者の所属、移動については資料が比較的存在するにもかかわらず、シェイクスピアの役者としての軌跡は一五九四年まで一切言及がありません。シェイクスピアが、所属する劇団のためにシナリオを提供する能力を買われていたとすれば、二義的な役者としての情報が貧弱であることも、多少は理解できるのではないでしょうか。

イントロダクション――注

1 E. K. Chambers, *The Elizabethan Stage* (Oxford: the Clarendon Press, 1923) vol.1, 123.

2 Jonathan Bate, *The Soul of the Age: A Biography of the Mind of William Shakespeare* (New York: Random House, 2009) 303.

第一章　「ヘンリー6世パート1～3」は、やはり「3部作」

長らくヘンリー6世3部作は、シェイクスピアが最初に書いた戯曲としての位置を占めてきました。これに異議を唱える人もいますが、そもそもシェイクスピアの全作品の執筆順序そのものが、流動的な仮説でしかありません。しかし、ヘンリー6世3部作が、シェイクスピアがロンドンで劇作家としてデビューした作品、あるいはデビュー直後に書かれた芝居であることに間違いはないようです。

シェイクスピアの他のほとんどの史劇には、先行する他の作品が存在しています。シェイクスピアの「リチャード3世」の前に、作者不明の「リチャード3世の本当の悲劇」が上演され、かつ出版されています。「ヘンリー4世パート1＆2」と「ヘンリー5世」でシェイクスピアが扱った歴史上の題材を先どりした、作者不明の「ヘンリー5世の名高い勝利」があります。これは、シェイクスピアが多分まだロンドンに出てくる前に初演を果たしています。

しかし、ヘンリー6世3部作は先行する芝居の人気、知名度に頼っていません。エドワード・ホールやレイフィエル・ホリンシェッドの年代記に直接あたって、まったく新しい劇として語りおこされています。しかも3部作という、エリザベス・スチュアート朝演劇全体を見渡してもまれな叙事詩的スケールは、どう考えても駆け出しの新人劇作家のデビュー作品にはふさわしくありません。そもそも、一五八〇年代のエリザベス朝「年代記劇」（*chronicle plays*）の中世訓話、民間伝承的性格と一線を画す、真の歴史劇としての「史劇」（*history plays*）の成立は、シェイクスピアのヘンリー6世3部作の誕生によって始まったといっても過言ではないのです。

なにが駆け出し作家のシェイクスピアをして、ヘンリー6世という当時の観客の記憶に薄く、「英雄」という言葉がまったくふさわしくない国王をタイトルに据えた芝居を書かせたのでしょうか。そもそも、シェイクスピアがヘンリー6世劇をパート1、2、3の順番で書いたのかどうかにも疑問があります。さらには、「ヘンリー6世3部作」という名称自体が、作者以外の人間が考えたフィクションであり、三つの芝居に構成上の連続性、計画性は希薄であるとする声も聞かれます。

ことの実態に迫るには、テクストの成立と出版の過程、シェイクスピアが芝居を書いた劇団の特定、さらには一五九〇年代初期の劇団再編成の実態、同時期のフランスへの英国軍派遣など、さまざまな角度からの綿密な検証が必要です。

ヘンリー6世3部作「スター・ウォーズ説」の根拠

まず問題になるのが、ヘンリー6世3部作のパート1、2、3という構成の問題です。ヘンリー6世3部作の流れは、シェイクスピア以外の手になるフィクションなのでしょうか。ヘンリー6世3部作という現在流布している形が登場したのは、シェイクスピアの死後、一六二三年に出版された全作品集「ファースト・フォリオ」(*the First Folio*)が最初です。

ちなみに、これ以後もいくつかの全集が「フォリオ」の名前で一七世紀に発行されましたが、すべて基本的に「ファースト・フォリオ」を底本にしています(以降「ファースト・フォリオ」にF1の表記を用います)。

F1以前、ヘンリー6世を主人公としたシェイクスピアの手になると思われる芝居は、ばらばらの形で登場します。一五九四年に「名高いヨーク家とランカスター家の争いパート1」(*The First Part of the Contention betwixt the Two Famous Houses of York and Lancaster* 以降「ヨーク・ランカスター家」と表記)というタイトルの芝居が、フォリオ版より小さい四つ折り本(*Quarto* 以降Qと表記)の形で単作として出版されました。これは「ヘンリー6世パート2」の上演に参加した役者たちが、記憶を頼りに再構築したものであると考えられています。この記憶再構築説に疑問の声を上げる者も多いのですが、それに代わる説得力ある仮説が提示されていない現在、本書ではこの説を採用して話を進めていきます。

翌一五九五年、「ヨーク・ランカスター家」の明らかな続編である「ヨーク公爵リチャードの本当の悲劇」(*The True Tragedy of Richard Duke of York* 以降「ヨーク公爵の本当の悲劇」と表記)というタイトルの芝居が出版されました。この芝居は、シェイクスピアの「ヘンリー6世パート3」の記憶による再構築と考えられています。

「ヨーク・ランカスター家」の表紙に作者の名前はありませんが、「ヨーク公爵の本当の悲劇」の表紙には、上演した劇団としてペンブロークス・メン(*Pembroke's Men*)の名前があります。この二つの芝居は明らかに2部作として書かれたものです。一六〇二年には、合本されたものが「ヘンリー6世1部及び2部」として書籍出版業組合記録(the Stationers' Register)に登録され、一六一九年に出版されたQ3の表紙には「名高いランカスター家とヨーク家の争いのすべて」とあり、ここで初めて著者としてシェイクスピアの名前が明記されています。

一六二三年のF1では、「ヨーク・ランカスター家」と「ヨーク公爵の本当の悲劇」の原本とおぼしき芝居が、「ヘンリー6世パート2」、「ヘンリー6世パート3」の名前で現われます。そして初めて「ヘンリー6世パート1」という芝居が現われて冒頭に加わり、3部作のいわゆるサイクル劇という新たな装いでお披露目を果たしました。

つまり、ヘンリー6世3部作というサイクル劇は、F1以降、一律に受け入れられるようになったので、一六二三年以降のF版がなければ、シェイクスピアが書いたと思われるヘンリー6世の芝居は、「ヨーク・ランカスター家」と「ヨーク公爵の本当の悲劇」の二つだけということになります。そのため、今日のテクスト編者の中にはこのQ1のタイトルをもって「ヘンリー6世パート2」「ヘンリー6世パート3」の呼称としている例もあります。*1

つまり、世間に現われた時間の順序でいえば、「ヘンリー6世パート1」は、「ランカスター家とヨーク家の争いのすべて」という2部作のあとに書かれたことになります。ちょうど映画「スター・ウォーズ」パート4〜6が、先行するパート1〜3の上演のあとに作られた「続編」であるにもかかわらず、実際にはパート1〜3の物語の冒頭から時間の針を戻した、過去のナラティブを題材としているように。

この「スター・ウォーズ」説に説得力を与える理由がもう一つあります。劇場薔薇座の所有者であり興行主であったフィリップ・ヘンズローの、いわゆる「ヘンズロー日誌」の一五九二年三月一日の書き込みに、「ハリー6世・新」(*ne Harey the vi*) という項目があります。Neはnewの略です。[*2] 通常、これが、シェイクスピアのヘンリー6世の芝居のいずれかの初演の記録であるというのが大方の見方なのですが、どの芝居を指しているかまでは確定していません。

ヘンズローは連作の芝居の第1部を日誌に記入する際、「パート1」を省くのが習わしだったので、「ハリー6世・新」という表記をF1の順序を念頭において考えると、「ヘンリー6世パート1」を指すと解釈することができます。その帰結として、「ヘンリー6世パート2&3」は一五九二年三月一日以降書かれたことになります。

しかし、この筋書きには一つ大きな問題があります。同年九月二十日に書籍出版業組合記録に登録された、劇作家ロバート・グリーンの書いた「グリーンのなけなしの知恵」と題する小文の存在です。このパンフレットは、実はヘンリー・チェトルの手によるという説も浮上していますが、ここでは著者のアイデンティティーは無関係なので問題にしません。

このパンフレットの中には、新米の劇作家「シェイクシーン」(*Shake-scene* シェイクスピアの姓のもじり)を攻撃している部分があり、作者はその「成り上がりものカラス」の芝居の一行をもじった「役者の皮をまとった虎の心臓」を引用しています。これは、「ヘンリー6世パート3」1幕4場で、捕えられ、なぶりものにされるヨーク公爵が、ヘンリーの妻マーガレットに向かって放った言葉「女の皮をまとった虎の心臓[*3]」のパロディーです。

この引用は、九月の時点ではすでに「ヘンリー6世パート3」が書かれ、かつ上演された証拠となります。もしF1の順序でヘンリー6世劇が書かれたと仮定するなら、三月一日の「ヘンリー6世パート1」初演から、少なくともグリーンのパンフレットが登録された九月二十日までに「ヘンリー6世パート2&3」が書かれ、かつ上演されていなければなりません。さもなければ、グリーンは「虎の心臓」の一行を知ることができなかったはずです。そして、「ヘンリー6世パート3」がロンドンで上演され、観客の記憶に新しいものでなければ、グリーンのパロディーは、ロンドン劇場界隈のゴシップとしてのインパクトに欠けるものになります。

　このことから、いわゆる「スター・ウォーズ説」をとる人たちは、三月から九月までのわずか六ヶ月で二つの芝居を書き、かつ上演することは技術上無理だと考えるわけです。

　さらに、これに拍車をかけるのが、枢密院による六月二十三日発令の劇場閉鎖命令です。当初の目的は暴動防止だったのですが、お定まりの疫病の蔓延により、劇場再開は当分見あわされ、ロンドンの主要劇団は地方巡業に出かけました。つまり、F1ヴァージョンが成立するためには、三月から六月までのあいだに「ヘンリー6世パート2&3」が書かれ、かつ上演されていなければならないわけです[*4]。

「スター・ウォーズ説」をとれば、三月以前に「ヘンリー6世パート2&3」が書かれ、かつ上演されたことになります。グリーンは「ヘンリー6世パート3」をロンドンのどこかの劇場で観たことになり、F1の順序に固執した場合の問題は雲散霧消します。

　以上のことから判明するのは、ヘンリー6世3部作の成立の過程を解明するためには、F1

ヴァージョンと「スター・ウォーズ説」のどちらをとるか、という選択を避けて通れないという事実です。同時に、この問題に何らかの答えを与えることが、とりもなおさずヘンリー6世劇成立の中核にメスを入れることになるでしょう。

ペンブロークス・メンとストレンジズ・メン

まず、「スター・ウォーズ説」の根拠になっている点を確認してみます。

1．「ヘンリー6世パート2＆3」はQ版が存在するのに、「ヘンリー6世パート1」のみQ版が存在せず、突然F1で出現するのは不可解である。F1の3部作をシェイクスピアが当初から計画していたなら、最初に書かれた芝居が、なぜシェイクスピアの死後七年に至るまで、まったく日の目を見なかったのか。

2．ヘンズローの「ハリー6世・新」が書かれた三月から、「グリーンのなけなしの知恵」が発行された九月、あるいは劇場閉鎖令の六月までの短期間に、「ヘンリー6世パート2＆3」が書かれ、かつ上演されることは不可能ではないか。

1に関して言うと、いくつかの反論が可能です。Q版がまったくなく、F1で初めて出版されたシェイクスピアの芝居は他にもたくさんあり、特にまれな現象ではありません。とは言え、ヘンリー6世3部作の中で「ヘンリー6世パート1」のみ、F1に至るまでまったく出版されなかった事実は、探究するに値します。

そこで考えられるのが、版権の問題です。エリザベス朝時代には、今日の著作権に当たるものがありませんでした。戯曲を例にあげれば、芝居の原稿（著者の手書き原稿、プロの書記が清書したもの、あるいは上演台本）を手に入れ、それを印刷所に持ちこみ身銭を切って出版するという、一種の投機行為として出版業は成り立っていました。ですから、各劇団にとってレパートリーとなった芝居は重要な財産であり、これが出版業者の手に渡らないよう神経をとがらせました。

前にも書いたように、「ヨーク・ランカスター家」と「ヨーク公爵の本当の悲劇」は、ペンブロークス・メンによって上演されました。それ以外の劇団が上演した記録はありません。数多いエリザベス朝の劇団の中でも、ペンブロークス・メンほど謎の多い、従ってさまざまな憶測の的となる劇団もあまり存在しません。ここでは、一五九二年の疫病による劇場閉鎖と、それに続く地方巡業の開始にともなって、母体であるストレンジズ・メンから分離独立した分派がペンブロークス・メンであるとする説をとります。

当時、ストレンジズ・メンは前述の通り薔薇座に本拠地を置いて、ヘンズローのマネジメントのもと興行を行なっていました。ストレンジズ・メンとペンブロークス・メンを結ぶ記録はいくつか残っています。「ハリー6世・新」を上演していた頃のストレンジズ・メンは、花形俳優エドワード・アレンの率いるアドミラルズ・メンと合体した一つの劇団として、事実上活動していました。

そして、一五九二年から九三年の疫病蔓延によるロンドンの劇場閉鎖に伴い、主要劇団は地方巡業に出ました。ストレンジズ・メンもペンブロークス・メンもその例にもれません。二つの劇団は時に別行動をとり、時に同じ地方都市で公演しています。

ストレンジズ/アドミラルズ・メンの巡業に参加していたアレンが、義理の父であるヘンズローに宛てた、ペンブロークス・メンの消息を気遣う手紙に、そしてそれに対する一五九三年九月二十八日のヘンズローの返信に、二つの劇団の親密さが色濃く表われています。このとき、ペンブロークス・メンは経済的に破綻寸前の状態にあったらしく、ヘンズローはこう書いています。

「貴方が所在を知りたがったペンブローク団員のことだが、今ロンドンに戻ってこの五~六週間そのままで、聞くところでは旅の出費がかさんで、金を捻出するため衣装を質に入れるつもりということだ[*5]」

一五九二年の劇場閉鎖の際、ロンドンでの活動を封じられたストレンジズ・メンは、枢密院に直訴を提出しました。そこに記された、地方巡業に出れば劇団の分裂と離散につながりかねないという懸念が、現実となったわけです。もし、ストレンジズ・メンとペンブロークス・メンが何ら関係のない劇団であったなら、アレンの気遣い、そしてヘンズローの情報把握の素早さと的確さは理解できません。

ストレンジズ・メンとペンブロークス・メンを結ぶもう一つの線は、一五九二年暮れから九三年新年にかけて行なわれた恒例の宮廷御前公演で、ペンブロークス・メンが衝撃的なデビューを飾っ

ているこ とです。毎年、クリスマス・シーズンに招かれてエリザベス女王や政府高官、各国大使らの前で上演する特権は、ほんの一握りの劇団にしか与えられていませんでした。一五八〇年代を通じてその筆頭の地位を占めていたのは、文字どおり「女王陛下の僕」であるクイーンズ・メンでした。

しかし、一五九〇～九一年のクリスマス・シーズンを境に、クイーンズ・メンはその地位をストレンジズ・メンに譲りました。ストレンジズ・メンは一五九一～九二年シーズンで都合六回も芝居を上演し、その報酬として一劇団としては新記録の六〇ポンドを受けとりました。そして翌シーズン、それまで名前さえ記録に残っていない新顔のペンブロークス・メンが、大劇団であるストレンジズ・メンと対等の形で、つまり別報酬で上演したのです。

特筆すべきは、十二月二十六日の聖スティーヴンの日にペンブロークス・メンが上演した事実です。この日は、二十四～二十五日のキリスト誕生を祝う厳粛な時期が終わり、心待ちにしたクリスマスの楽しみが解禁される日です。ストレンジズ・メンに主役の地位を奪われた一五九一～九二年シーズンですら、クイーンズ・メンは聖スティーヴンの日に一回だけの上演を許されています。やはりこれは、「女王陛下の僕」として、他の劇団とは別格の特権の成せるわざでしょう。その大切な劇団の暗黙の序列確認の日に、突然現われた無名の劇団が上演を許されるとはどういうことなのでしょう。

そもそもペンブロークス・メンとは、その出自を含めてどんな劇団なのでしょうか。一五九〇〜九一年にかけて、クイーンズ・メンが二つのグループに分裂したことはよく知られています。この内の一派が、ペンブロークス・メンの前身であると考えることができます。[*6] ただし、この説の決定的な欠陥は、ペンブロークス・メンのレパートリーの芝居が、クイーンズ・メンのそれとまったく重複しないことです。ペンブロークス・メンの出自については、五章で詳しく述べます。

ここでは、前述したように、地方巡業に出ざるをえなくなったストレンジズ・メンから分離した役者を中心に結成された新劇団が、ペンブロークス・メンであるとするのが妥当と考えます。

また、ペンブロークス・メンを、「ザ・シアター」を常設劇場とするジェイムズ、リチャード・バーベッジ親子の劇団とする説もありますが、[*7] 一五九四年にロード・チェンバレンズ・メン（Lord Chamberlain's Men「宮内府侍従卿一座」）の代表に名を連ねるまで、宮廷記録に「バーベッジ」の名前は一切ありません。宮廷上演の実績のまったくないリチャードの率いる劇団が、突然クリスマス・シーズンに招かれ、しかも聖スティーヴンの日に上演を許されるということは、常識的に考えられません。

さらに、一五九四年に出版されたシェイクスピアの「タイタス・アンドロニカス」のQ1の表紙には、この芝居がストレンジズ・メン、ペンブロークス・メン、サセックス・メンの順で上演されたとあります。[*8]「タイタス・アンドロニカス」のほか、シェイクスピアの「じゃじゃ馬馴らし」（*The Taming of the Shrew*）と密接な関係にある*The Taming of a Shrew*の、一五九四年に出版されたQ1

にも、ペンブロークス・メンによって上演されたと表紙に書かれています。

つまりペンブロークス・メンは、「ヘンリー6世パート2＆3」（その上演の記憶から再構築されたのが「ヨーク・ランカスター家」と「ヨーク公爵の本当の悲劇」）の他に、「タイタス・アンドロニカス」と「じゃじゃ馬馴らし」をレパートリーに持っていたことになります。しかも、これらシェイクスピアの芝居は、ストレンジズ・メンが初演を果たしたと推測できる「ヘンリー6世パート1」も含めて、すべて最終的にシェイクスピアの所属したロード・チェンバレンズ・メンの手に渡っているのです。

加えて、ストレンジズ・メンの構成員には、ロード・チェンバレンズ・メン旗揚げ時のメンバーが多く含まれています。一五九三年五月六日に枢密院によって発行されたストレンジズ・メンの地方巡業許可証には、ウィリアム・ケンプ、トマス・ポープ、ジョン・ヘミングズ、オーガスティン・フィリップス、ジョージ・ブライアンらの名前があります。彼らはすべて、翌年に結成されたロード・チェンバレンズ・メンの幹部役者です。ですから、ストレンジズ・メンとペンブロークス・メンとの間で、役者の重複や、レパートリーの芝居の移譲があったとしても不自然ではありません。

再構築されたペンブロークス・メンのレパートリー

もう一つ、ストレンジズ・メンとペンブロークス・メンを結ぶ線があります。「ヨーク・ランカスター家」と「ヨーク公爵の本当の悲劇」が、それぞれ「ヘンリー6世パート2」「ヘンリー6世パート3」の記憶による再構築であるなら、興味深いことが浮かび上がるからです。

一つの劇の上演に参加した役者たちが、記憶でテクストを再構築しようとすれば、とうぜん記憶の不確かさから、さまざまな形で間違いが入りこみます。記憶による再構築の特徴的な間違いは、テクストを再現しようとして、役者の所属していた劇団のレパートリーの中の他の芝居の台詞を、勘違いして挿入してしまうという現象です。Aという芝居を記憶で再現していく過程で、期せずしてB、C、D、E、Fという芝居の断片が混入してしまうのです。

エリザベス朝劇団に特有の、日替わりで演目が変わるシステムを維持していく上で、役者は一つの芝居で複数の役をこなし、一シーズンに十五から二十ほどの芝居の台詞をそらんじていなければなりません。記憶による再構築によって作られたテクストが、役者たちの所属していた劇団のレパートリーの内容を伝える、貴重な資料となりうる由縁です。

ヘンリー6世3部作の現代の編者の多くが、「ヨーク・ランカスター家」と「ヨーク公爵の本当の悲劇」に見られるそうした混入パッセージを、巻末に補遺として掲げています。それらを参考にして、「ヨーク・ランカスター家」と「ヨーク公爵の本当の悲劇」を再構築した役者たちの所属する劇団のレパートリーを、一部再現してみましょう。[*9]

「ヘンリー6世パート1」△（「ヨーク・ランカスター家」「ヨーク公爵の本当の悲劇」に「へ

（「ヘンリー6世パート1」のパッセージが混入しているということ）

「ヘンリー6世パート2&3」（「ヨーク・ランカスター家」に「ヘンリー6世パート3」の、「ヨーク公爵の本当の悲劇」に「ヘンリー6世パート2」の台詞がそれぞれ混入しているということ）

「タイタス・アンドロニカス」△
「スペインの悲劇」（作者はトマス・キッド）△
「ファヴァシャムのアーデン」（著者不明）
「エドワード2世」（作者はクリストファー・マーロー）
「ファウスト博士」（同じくマーロー作）△
「ソリマンとペルシーダ」
「タマール・チャムパート1」?△

△をつけた作品は、記録から一五九〇年代初めにストレンジズ／アドミラルズ・メン合体劇団のレパートリーにあったことが判明している芝居です。?をつけたものは、その可能性がある芝居です。

マーローの「エドワード2世」がペンブロークス・メンによって上演されたことは、一五九四年のQ1の表紙から明らかです。この芝居がストレンジズ・メンの所有した芝居とともに役者の記憶の中で混然としていた事実は、役者たちの直前に所属していた劇団がストレンジズ・メンかペンブロークス・メン、あるいはストレンジズ・メンを経由してのペンブロークス・メンであることを示しています。これは、ペンブロークス・メンがストレンジズ・メンの分派であることを受け入れれば、当然の帰結と言えます。

従って、なぜ「ヘンリー6世パート1」にだけQ版がないかという問題については、版権をストレンジズ・メンが所有、管理していたので、いわゆる海賊版として出版業者にテクストが流出することがなかったから、と説明がつきます。

ペンブロークス・メンの所有していたことがわかっているテクスト（「ヨーク・ランカスター家」、「ヨーク公爵の本当の悲劇」、「エドワード2世」、*The Taming of a Shrew*）が、一五九四〜九五年にかけていちどきに市場に放出されQ版として出版されたのも、前述したようにペンブロークス・メンが一五九三年の夏、経済上の逼迫が原因で事実上消滅したことを考えれば、時期的にも符合します。

一方、「ハリー6世・新」としてストレンジズ・メンが上演した「ヘンリー6世パート1」は、劇場閉鎖令が出るまで薔薇座で人気芝居として上演され、その後もずっとストレンジズ・メンの管理下に置かれていたと想像されます。しかし、一五九四年のロード・チェンバレンズ・メン結成と同時に、多くの役者とともにその台本は新劇団に移ったのです。「ヘンリー6世パート2&3」をストレンジズ・メンが同じように所有していたのか、それともペンブロークス・メンの手に渡ったのかは、さほど重要ではありません。

驚くべき事実は、シェイクスピアがストレンジズ・メンあるいはペンブロークス・メンのために書いた芝居のすべて（ヘンリー6世3部作、「タイタス・アンドロニカス」、「じゃじゃ馬馴らし」＝*The Taming of a / the Shrew*）が、シェイクスピアが間違いなく所属したただ一つの劇団、ロード・チェンバレンズ・メンの手に無事渡ったことです。

シェイクスピアは自分の芝居の出版に無頓着であったという定説に挑戦する試みが最近見られます。*[10] 確かにストレンジズ／ペンブロークス・メンの芝居に関して言えば、テクストの散乱を防ぐために、シェイクスピア自身が陰で苦労したと想像するのは、決して根拠のないことではありません。

いずれにせよ、一六二三年のＦ１出版に至るまで「ヘンリー6世パート１」の存在を証明するＱ版がないことは、「スター・ウォーズ説」に頼らずとも、一五九二〜九四年にかけて起こったロンドン劇団の再編成の経緯から、充分に説明可能なのです。

ヘンズロー日誌の「新」の謎

次にとりあげたいのは、ヘンズローが日誌に記した「ハリー6世・新」の問題、特に「新」の意味するところです。「新」が「新作」の意味なら、「ヘンリー6世パート１」の初演は一五九二年三月一日と決まります。そして、Ｆ１ヴァージョンでの執筆順序を弁護するなら、グリーンの書いたパンフレットの書籍出版業組合記録の登録日である九月二十日、あるいは六月の劇場閉鎖令が、「ヘンリー6世パート２＆３」執筆、上演の最終期限となります。

「新」の解釈は、大別して三つあります。（１）完全な新作の意味で、その芝居の初演であることを意味する。（２）新しく改訂された旧作、書き足されたり部分修正されたりした芝居の再演の意味で「新しい」とする説。（３）新しい劇団による他劇団の旧作の再演だとする説。つまり、ヘンズローの「新」という表記の使用上の習慣が、最も大きな決め手となると考えられます。

ヘンズローの日誌を編纂したエディターのR・A・フォークスは、「『新』のすべての使用例をカバーする一つの可能性は、上演台本に対する宮廷祝典長の認可に言及しているとすることである」と述べ、さらに「大幅な改訂が行なわれた芝居の再演にあたっては新たな許可が必要とされた」と続けています。[*11]

興行主ヘンズローにとっての最優先事項は、枢密院の権威を背後にロンドン市内での劇団の活動を一括管理していた宮廷祝典長とのトラブルを避けることだったでしょう。これは、商業的利益にも優先します。というのも、宮廷祝典長とのトラブルは劇場閉鎖、公演禁止に直結する火種となりかねません。特に、旧作に何らかの改訂を加えたものを再演する際には、細心の注意を払ったことでしょう。

スチュアート期に宮廷祝典長を務めたヘンリー・ハーバートの公式記録に、旧作に新しい場面を加え、新作として上演することを許可するという名目で、ザ・フォーチュン座の興行主から更新料を受けとったという記述があります。[*12]

さらに、（２）と（３）が重なりあう場合もありえます。一五九四年一月二十四日、薔薇座でサセックス・メンのシーズン中、ヘンズローは「タイタス&オンドロニカス・新」(*ne Titus & Ondronicous*) と日誌に書き込んでいます。これは明らかに、シェイクスピアの「タイタス・アンドロニカス」です。

「タイタス・アンドロニカス」は、前述したようにストレンジズ・メン、ペンブロークス・メン、サセックス・メンの順で上演されたことがわかっており、ヘンズローは、他劇団の旧作のサセックス・メンによる再演の意味で「新」を用いています。「タイタス・アンドロニカス」の初演をこのときとすることには疑問の声が多く、シェイクスピアがストレンジズ・メンのためにだいぶ前に書いたものに、F1テクストの3幕2場(Q版にはない)にある、タイタスと蝿のエピソードを加筆したものが、このとき初めて上演されたと考えることもできます。*13

以上の理由から、「ハリー6世・新」は、シェイクスピアがストレンジズ・メンのために書いた「ヘンリー6世パート1」に、何らかの編集、加筆などの改訂が施され、新しいライセンスを必要とする芝居だったという仮説が成り立ちます。加筆されたとすれば、「ヘンリー6世パート1」の中で文体上他から抜きんでていて、「ヘンリー6世パート1」共同執筆説が浮上するとき、いつもシェイクスピアの筆になるとされる、テンプル法学院庭の場面などを候補にあげることができます。

いずれにせよ、この仮説をとれば、「ヘンリー6世パート1」の執筆、初演時期は一五九二年三月に束縛されず、一五九〇年代のもっと早い時期、場合によっては一五八〇年代にまでさかのぼることができます。これにより、この早い時期を起点としてヘンリー6世劇がF1の順番で3部作として書かれたというシナリオが、ごく自然なものになります。

ヘンリー6世パート1〜3は、やはり3部作（trilogy）

中にはそれでも「スター・ウォーズ説」に執着する人もいます。確かに、これまでの私の議論は、劇団の再編成、それに伴うテクストや版権の移動、ヘンズローが残した日誌の記録の解釈という、いわばテクスト以外の要因を中心に行なわれてきました。そこで次は、テクスト自体に目を向けてみましょう。

そもそも「スター・ウォーズ説」は、ヘンリー6世3部作に書きこまれているナラティブの一貫性、作品としての連続性の統一をまったく無視しなければ成り立ちません。この致命的欠陥をまず指摘しなくてはいけません。

まず、「ヘンリー6世パート1」→「ヘンリー6世パート2」という順序では自然で気にならないのですが、その逆の場合首を傾げざるを得ない不具合が生じます。その典型が、「ヘンリー6世パート1」2幕5場と「ヘンリー6世パート2」2幕2場に現われます。前者では、のちのヨーク公爵が、ロンドン塔に幽閉されているエドマンド・モーティマーを訪れ、ヨーク家の国王継承権が家系序列の上で正当性を持つことを知ります。モーティマーはすべてを話し、息絶えます。

一方後者では、同じヨークが、ヨーク・ランカスターの家系をさかのぼって、本来自分が継ぐべき英国王の地位を、ヘンリー6世が不当に奪っていると力説する場面があります。強大な力を持ったネヴィル家のソルズベリー伯爵とその息子のワリック（のちに「キング・メーカー」の異名を持つ）をヨーク支持者にするためです。ここで前出のモーティマーは、ウェールズのオーウェン・グレンダワーとの戦いで捕虜となり、一生をウェールズで幽閉の身で過ごしたことになっています。明らかな矛盾ですが、この種の矛盾はシェイクスピアにはつきもので、特に上演する上で問題にもなりません。前作からの時間経過を考えれば、起こりうる間違いとして黙過することもできます。

しかし、「ヘンリー6世パート1」から「ヘンリー6世パート2」へ続くナラティブの流れからは、この矛盾は些細なものとは言えません。

「ヘンリー6世パート2」でのモーティマーは、リチャード2世以降の王位継承候補者の、長い系譜図の鎖の輪の一つに過ぎません。所詮、ヨークがネヴィル家の二人に口頭で伝える「誰と誰が結婚して、長男は誰、長女は誰」といったたぐいの羅列の中の、大事なことかもしれませんが、単なる「情報」でしかありません。

「パート1」で、ヨークは「我こそプランタジネット家の真の後継者だ」と大見栄を切ったものの、結局はただの紙切れにしか過ぎない家系図にまさる、もっと確かな証拠が心理的に必要と感じます。父のケンブリッジ伯爵は既に処刑されて息子に真実を語れません。そこでヨークの脳裏に浮かぶのが、ロンドン塔に幽閉され、高齢で死を待っている叔父のエドマンド・モーティマーです。そこでロンドン塔をヨークが実際訪れるという場面が設定されます。ちなみに、こうした事実は年代記にはありません。ここで若いヨーク、さらに観客に肉声で語りかけるモーティマーは、歴史の生身の証人、語り部としての役を演じます。

この「歴史の生の声」に火をつけられたヨークの強烈な野望が、のちにネヴィル家の二人の前での家系の復唱につながるのは、心理的にごく自然です。「パート1」の年老いたモーティマーを舞台で見た観客には、ことさらその想いが強いでしょう。

これが、順序を「ヘンリー6世パート2」→「ヘンリー6世パート1」と入れ替えた場合、間違いは重大なものになります。エドマンド・モーティマーが、オーウェン・グレンダワーの捕虜として死んだのなら、モーティマーがロンドン塔に幽閉され、その彼をヨーク公爵が訪れるというシナリオ自体が、まったくのナンセンスになってしまうからです。つまり、シェイクスピアが史実に反して設定したドラマの要素が消失してしまうわけです。

薔薇戦争という、ヘンリー6世3部作を貫流する基調テーマの序奏としての、「ヘンリー6世パート1」における一連の事件（テンプル法学院庭での、ヨークの父ケンブリッジ伯爵の大逆罪に関するいさかい、それに続くモーティマーによるヨーク、ランカスター家の歴史の解説、ヨークの王権への野心の芽生え）、まさにこの核心部分が崩壊してしまいます。

そこまでシェイクスピアが能天気であったとは考えられません。また、「ヘンリー6世パート2&3」は明らかに2部作の体裁を成しているので、「ヘンリー6世パート1」→「ヘンリー6世パート2&3」の順で書かれたことの一つの裏づけともなります。

もう一つ、興味深い箇所を見てみましょう。「ヘンリー6世パート2」4幕8場で、暴動鎮圧の任を国王から委ねられたクリフォード卿は、ジャック・ケイドに率いられてロンドンに攻め入った群衆に対して、武器を捨て、ヘンリーに恭順の姿勢を示すよう説得します。その際、群衆の心をつかみ、ケイドから離反させるためにクリフォードが用いるレトリックがあります。つまり、前王ヘンリー5世のフランスでの栄光の記憶に訴えながら、翻って現在の内乱の隙に乗じてフランスがイングランドに攻め入るという危機感をあおり、群衆の愛国心を鼓舞することです。

「フランスへ、フランスへ！　失ったものを奪い返すのだ。イングランドを赦せ、お前たちの祖国なのだぞ」

「ヨーク・ランカスター家」でも、クリフォードはこれに近い台詞を発していますが、非常に短く、ヘンリー5世への言及はまったくないので、そのインパクトはF版と較べものになりません。「ヘンリー6世パート2」でのクリフォードの台詞は、聴衆の記憶にヘンリー5世のフランスでの偉業、ヘンリー6世治下でのフランス失地が鮮明であることを明らかに前提にしています。

ヘンリー6世劇が書かれた一五九〇年初頭、ヘンリー5世のフランス遠征を題材にした芝居として現在知られているのは、クイーンズ・メンの「ヘンリー5世の名高い勝利」です。しかし、ストレンジズ・メンやペンブロークス・メンが、他劇団の上演した芝居の評判に頼るとは考えがたく、やはり、先行する「ヘンリー6世パート1」におけるフランスでのトールボットの英雄的武勲と、先王ヘンリー5世礼讃を念頭に置いた、シェイクスピアの企てであったと考えるべきでしょう。*14

ちなみに、ヘンズローの記録した「ヘンリー6世パート1」上演から遅れること五ヶ月後、一五九二年八月に書籍出版業組合記録に登録された「文無しピアスの悪魔への嘆願」の中で、トマス・ナッシュは、トールボットのフランスでの活躍をテーマにした芝居がロンドンで大当たりをとったことに言及しています。

このナッシュのパンフレットは、当時のストレンジズ・メンのパトロンであったストレンジ卿ファーディナンドに献呈されています。しかもその中でナッシュは、ストレンジズ／アドミラルズ・メン合同劇団の目玉役者エドワード・アレンに最大級の賛辞を贈っています。

このことから、ナッシュの念頭にあったのは、アレンがトールボットを演じた薔薇座での「ヘンリー6世パート1」公演であろうというのが大方の見解です。ナッシュのトールボット礼讃は、「ヘンリー6世パート1」初演の興奮さめやらぬ記録ととられがちですが、彼の観た芝居が旧作の改訂、アレンを主人公に据えた再演と考えてもまったく不都合はありません。

シェイクスピアの「ストレンジ・コネクション」

ナッシュのパンフレットに触れたことで、フランスでのトールボットの活躍と、ストレンジズ・メンのパトロンであるファーディナンドの名前が出ました。実はこの両者は、「ヘンリー6世パート1」の成立過程で、まだ充分に探求されているとはいえない側面へ我々を導くキーワードなのです。

ヘンリー6世3部作は、薔薇戦争が始まる経緯から物語が展開し、次に続く「リチャード3世」でチューダー朝の始祖リッチモンド、のちのヘンリー7世の勝利で内戦に終止符が打たれるまでの歴史を描いています。

この4部作の中で、「ヘンリー6世パート1」のみが、薔薇戦争以前の物語（フランスへの英国軍遠征、ジャンヌ・ダルクとトールボットの対決、トールボットの死）を扱っています。特に武将トールボットが国民的英雄として、イギリス人にとっては「魔女」「悪魔に魂を売った女」であるジャンヌ・ダルクと対決する、「トールボットの悲劇」としての性格が強いのです。

「ヘンリー6世パート1」が一五九〇～九一年に書かれたことは、同時期にフランスで展開された英国軍の軍事活動と無縁ではありません。一五八九年、フランスのカトリック王アンリ3世が暗殺され、プロテスタントであるナヴァールのアンリが国王となりました。そこでイギリスは、フランスのプロテスタント勢力を援護する名目で、一五八九年にウィロビー卿の軍をフランスに送りこみました。

さらに一五九一年、大きな期待を背にエセックス伯爵がディエップに兵を率いて上陸し、十月にはリオンの城攻めが行なわれました。翌年四月、リオンがスペインのパルマ公爵の手で解放され、これに幻滅した女王によってエセックスが英国軍の指揮を解かれて召還されるまで、海峡を挟んだ対岸で繰り広げられた戦いのニュースは、国民的関心事だったのです。

その意味で、「ヘンリー6世パート1」は、戦場報道の代替メディアの役割も果したと言えます。「ヘンリー6世パート1」で描かれているトールボットのリオンの城攻めに酷似した軍事行動が、事実海の向こうで行なわれていたのです。

実際、「ヘンリー6世パート1」でのリオンへの言及の多さは異常で、3幕2場だけでリオンという言葉が少なくとも八回台詞に現われます。勇み足的な歴史改竄もあります。3幕2場のトールボットによるリオン再占領は、ホールやホリンシェッドの年代記に反しています。[*15]

実は、リオンはトールボットゆかりの地でもあります。4幕7場で、戦死したトールボットの称号の長いリストが紹介される場面があります。このリストはリオンにあるトールボットの墓碑銘に基づくもので、旅人の報告から一部の観客にとって馴染みのあるものだったと想像されます。

ここで浮上してくるのが、「ヘンリー6世パート1」の「ストレンジ・コネクション」です。「ヘンリー6世パート1」でその活躍が描かれている、シュリューズベリー伯爵ジョン・トールボットの直系の子孫である、第六代シュリューズベリー伯爵ジョージ・トールボットは、一五九〇年に亡くなっています。この年は、「ヘンリー6世パート1」で紹介された執筆予想時期とほぼ重なります。「ヘンリー6世パート1」3幕4場で、ヘンリーはトールボットにシュリューズベリー伯爵の称号を与えています。エリザベスの信任も厚く、スコットランド女王メアリー・スチュアート幽閉の際の監視責任者でもあり、彼女の処刑監督者でもあったジョージ・トールボット伯爵への、何らかの思いが込められているのかもしれません。[*16]

ストレンジ卿のスタンリー家は、古くからフランスで戦ったトールボットと血縁関係にあることを誇りにしていました。事実、「ヘンリー6世パート1」で紹介されたトールボットの称号のリストの中にある「ブラックミアのストレンジ卿」は、ストレンジ家の歴代の長男が使用したものです。[*17]ナッシュが特に名指しでトールボットの武勲を絶賛しているのは、本を献呈したのがストレンジ卿ファーディナンドであったことを充分意識してのことでしょう。

「ヘンリー6世パート1」を最初に上演したのがストレンジズ・メンなら、シェイクスピアがロンドンに出て最初に接触し、役者／劇作家として深い関係を持ったのもストレンジズ・メンであるという仮説が成り立ちます。

いわゆる、シェイクスピアの「失われた時」(Lost Years) をめぐる議論の中で、現在最も記録や文献上の裏づけのある仮説は、シェイクスピアがランカシャーのホートン家に奉公し、その後、同地のスタンリー家で従僕、役者として仕え、最終的にパトロンであるストレンジ卿の劇団に加わったとする説です（詳細については第四章参照）。

ことの真偽は別として、ヘンリー6世3部作の続編である「リチャード3世」において、スタンリー卿はのちのチューダー朝開祖であるヘンリー7世（エリザベス女王の祖父）の義父であり、同時に最大の庇護者として描かれています。「ヘンリー6世パート2&3」ではクリフォード父子が、ホールやホリンシェッドの年代記に記録されている以上に重要な役割を果たします。

ストレンジ卿ファーディナンドの母マーガレットは、クリフォード家から嫁ぎました。歴史上のヘンリー6世の時代、まだ無名だったスタンリー家に肩入れするためには、クリフォード家の人々に脚光をあてるほかに手段がありませんでした。

ストレンジ卿がシェイクスピアの最初のパトロンだったと仮定すれば、力弱い国王を文字どおり身を挺して守る二人のクリフォードの活躍は、ファーディナンドを満足させるものだったはずです。


ここまでの推理と仮説をまとめてみましょう。

現在、我々の知る限り、シェイクスピアが最初に接触を持った劇団はストレンジズ・メンと考えられます。彼らのためにまず、「ヘンリー6世パート1」が「トールボットの悲劇」の性格を強くした形で書かれました。時期は一五九〇～九一年、あるいはそれより前にさかのぼるかもしれません。

ロンドンで劇作家としての実績のまったくない駆け出しの作家が、単独で仕事を委託されるとは考えにくいので、「ヘンリー6世パート1」は、多くの人が指摘するように、他の劇作家との合作でしょう。作品の文体に顕著な質のばらつきは、この推測で納得がゆきます。

シェイクスピアはこのときから、劇団のパトロンであるストレンジ卿ファーディナンドへの讃辞を、ヘンリー6世劇に織りこむことを計画しました。パート1のトールボット、パート2&3の二人のクリフォードは、その主たる手段となりました。

そもそもシェイクスピアがヘンリー6世と薔薇戦争の題材に興味を引かれた理由については、これから解明しなくてはなりません。しかし、「ヘンリー6世パート1」に関する限り、当時大きな関心を呼んだフランスでのエセックス伯爵らによる軍事行動の話題性が、大きなファクターとして働いたことは確かでしょう。

いわゆる「スター・ウォーズ説」は否定されたので、「ヘンリー6世パート1」初演のあとに、「ヘンリー6世パート2&3」が書かれ、かつ上演されたと思われます。

なお、上演された劇場は、一五九一年五月にジェイムズ・バーベッジとエドワード・アレンの仲たがいがあるまで、ストレンジズ／アドミラルズ・メンが公演を行なっていた「ザ・シアター」が第一番の候補です。これ以降、ストレンジズ・メンはヘンズローの薔薇座へ居を移し、一五九二年六月の劇場閉鎖令が出るまでレパートリーを組んで連続公演を行ないました。この間に「ヘンリー6世パート1」のみの再演があり、ヘンズローの「ハリー6世・新」として記録に残りました。

この際、テンプル法学院庭の場面や、マーガレットと彼女の将来の愛人サフォークの出会いの場面など、次作の「ヘンリー6世パート2&3」で描かれる薔薇戦争の布石になる部分が、シェイクスピア単独で加筆されたと考えられます。

また、ヘンズローが書いた「新」は、改訂による旧作の再演の意味でしょう。ヘンズローの日誌に「ヘンリー6世パート2&3」が上演された記録はありません。理由として考えられるのは、この二つの芝居がストレンジズ・メンの分派であるペンブロークス・メンの手に渡り、すでにストレンジズ・メンのレパートリーになかったからです。

いずれにせよ、「ヘンリー6世パート1」と「ヘンリー6世パート2&3」のテクストは、別々の運命をたどりました。前者はずっとストレンジズ・メンによって管理され、一五九四年のロード・チェンバレンズ・メンの結成と同時に、多数の役者とともにロード・チェンバレンズ・メンに移りました。後者はペンブロークス・メンの手に渡り、もしかすると地方巡業の折に上演されたのかもしれません。

いずれにせよ、一五九三年夏、ペンブロークス・メンが破綻したときかそれ以前に、「ヘンリー6世パート2＆3」の台本は親劇団であるストレンジズ・メンに戻ったと推測できます。ペンブロークス・メンに属していた役者たちが記憶に頼って、「ヨーク・ランカスター家」及び「ヨーク公爵の本当の悲劇」として「ヘンリー6世パート2＆3」を再現せざるをえなかったという事実が、そのことを物語っています。

こうして、無事ロード・チェンバレンズ・メンの所有することとなったヘンリー6世3部作は一五九八年頃、おそらく新作「ヘンリー5世」の上演と抱きあわせる形で、少なくとも「ヘンリー6世パート1」がまず再演され（フランス遠征という「ヘンリー5世」との共通テーマの故）、その後一六二三年のＦ１により、初めて3部作の体裁を持って読者の前に登場したのです。

第一章――注

1　*The Complete Oxford Shakespeare*, eds. Stanley Wells and Gary Taylor (Oxford: Oxford Univ. Press, 1987) vol. 1 Histories. ウェルズとテイラーは「スター・ウォーズ説」支持者なので、3部作の順は *1 Contention*, *The True Tragedy*, *1 Henry VI* になっている。その理由については二人の *William Shakespeare: A Textual*

Companion を参照。
2　「新」(Ne) の解釈の少数派としては、Oxford Shakespeare エディターのウェルズ／テイラーの new in London (*A Textual Companion*, 92) とする解釈、あるいは Winifred Frazer (Henslowe's ne, *Notes and Queries* 236, 1991, 34-35)、それを支持した Brian Vickers (*Shakespeare, Co-Author*, Oxford: Oxford Univ. Press, 2002, 149) の Newington Butts（ロンドン郊外北の劇場）説がある。
3　以下、シェイクスピアの芝居からの引用はすべて *The Riverside Shakespeare* 第2版による。日本語訳は筆者。
4　このシナリオがまったく現実的でないとも言いきれない。Drayton と Dekker 共著の *The Civil Wars of France* 3部作は現存していないが、約四ヶ月という短期間で3部作が完成し、報酬が支払われ、しかも the first Introduction という名前の prequel の芝居が発注されている (*Henslowe's Diary*, ed. R. A. Foakes, Cambridge: Cambridge Univ. Press, 98f.)。かなりの短期間で三つの芝居の脚本が書ける例があるということである。しかし、上演というファクターを考慮すれば、かなりきつい日程であることに変わりない。
5　E. K. Chambers, *William Shakespeare: A Study of Facts and Problems* (Oxford; the Clarendon Press, 1988 [orig. 1930]), vol. 2, 314.
6　Scott McMillin and Sally-Beth MacLean, *The Queen's Men and Their Plays* (Cambridge: Cambridge Univ. Press, 2000 [orig.1998]), 29, 61, etc. この他に G. M. Pinciss, Shakespeare, Her Majesty's Players and Pembroke's Men, *Shakespeare Survey* 27 (1974), 129-36 と David George, Shakespeare and Pembroke's Men, *Shakespeare Quarterly* 32 (1981), 305-23 もクイーンズ・メンの分裂とペンブロークス・メンを関係づけている。
7　最初に John Dover Wilson が提示したもので、Andrew Gurr (*The Shakespearian Playing Companies*, Oxford: the Clarendon Press, 1996, 267-73), Randal Martin (Oxford Shakespeare *3 Henry VI*, 126), Roger Warren (Oxford Shakespeare *2 Henry VI* , 62.) などが採用している。
8　*Titus Andronicus* Q1 の表紙には As it was played by the right honourable the Earl of Derby［一五九三

年、Ferdinando, Lord StrangeがEarl of Derbyとなり、劇団名も以後Derby's Menとなった], Earl of Pembroke, and Earl of Sussex their servantsとあり、これを三劇団の合同公演とする解釈も存在する。例えばJonathan Bate ed., *Titus Andronicus*, Arden 3rd series, 74-77.

9　参考にしたのはAndrew CairncrossのArden 2nd seriesの*2 & 3 Henry VI*のappendix ; Michael HattawayのNew Cambridge Shakespeare *2 & 3 Henry VI* appendix, Recollection of lines from other plays ; Ronald KnowlesのArden Shakespeare 3rd series *2 Henry VI*のappendix, Recollections in *The Contention*である。三人とも*Richard III*をリストに含めているが、*Richard III*の台詞の記憶による混入と決めるには、*Richard III*と*1 Contention*, *The True Tragedy*の対比されているパッセージの類似があまりにも一般的、部分的なので、このリストから省いた。*The Spanish Tragedy*は*Jeronimo*のタイトルで一五九二年の薔薇座のシーズンにストレンジズ・メンによって上演されている。*Tamar Cham*は、パート2がHenslowe's Diaryで一五九二年四月二十八日ストレンジズ・メンによって初演されたことがわかっているが、パート1に関しては筋書きだけを板に書いた、いわゆるplotと呼ばれるものしか残っておらず、これは一六〇二年にアドミラルズ・メンが用いたものと推量されている。(E.K. Chambers, *The Elizabethan Stage*, vol. 4, 47-48)

10　David Kastan, *Shakespeare and the Book* (Cambridge: Cambridge Univ. Press, 2001). Lukas Erne, *Shakespeare as Literary Dramatist* (Cambridge: Cambridge Univ. Press, 2003).

11　R. A. Foakes ed., *Henslowe's Diary*, introduction 34-35.

12　G. E. Bentley, *The Profession of Dramatist in Shakespeare's Time, 1590-1642* (Princeton: Princeton Univ. Press, 1971), 138.

13　E. M. Waith (Oxford Shakespeare *Titus Andronicus*, 1984)はこの意見。E. K. Chambersはサセックス・メン上演のときに現在の形に書きかえられたとするが、誰の手によるのか、3幕2場がこのときに書き加えられたのかについては触れていない。(Chambers, *William Shakespeare*, vol. 1, 319)

14　今ひとつ考えられるシナリオは、のちの *Henry IV*, *Henry V* のサイクル劇上演にあわせて *Henry VI* 3部作のすべて、あるいは一部のロード・チェンバレンズ・メンによる再演があり、そのときヘンリー5世礼讃が新たに *Henry VI* 劇につけ加えられたとも考えられる。しかし *1 Contention* の Clifford の台詞に、すでにフランスでの過去の栄光への言及があり (Then haste to France that our forefathers won,/ And win again that thing which now is lost)、*1 Contention* の元になる *2 Henry VI* にそれ以上に強いヘンリー5世の偉業を訴える台詞がなかったとは考えにくい。

15　Dominique Goy-Blanquet, *Shakespeare's Early History Plays: from Chronicle to Stage* (Oxford: Oxford Univ. Press, 2003), 27.

16　この辺の事情については、Emrys Jones, *The Origins of Shakespeare* (Oxford: the Clarendon Press, 1977), 120-21 に詳しい。

17　Roger Warren ed., Oxford Shakespeare *2 Henry VI*, 70. Warren は、スタンリー家が Talbot を主人公にした芝居をシェイクスピア、あるいはシェイクスピアを含む複数の劇作家に依頼した可能性もあると言っているが、根拠となる裏づけは弱い。

第二章　ヘンリー6世パート2＆3の「歴史」

——シェイクスピアと英国史年代記

シェイクスピアのヘンリー6世3部作は、材源に二つの年代記を用いています。一つはエドワード・ホールの「二つの名高い高貴な家ランカスターとヨークの統一」(*The Union of the Two Noble and Illustre Families of Lancaster and York* 一五四八)で、[*1]今一つはレイフィエル・ホリンシェッドの「ホリンシェッド年代記」(*Holinshed's Chronicles* 第二版・一五八七)です。[*2]このほかにはシェイクスピアが利用したと思われる文献はありますが、この二つの年代記のほかには、ヘンリー6世治下の事件を網羅的に記述した材源は見当たりません。

シェイクスピアのヘンリー6世劇に慣れ親しんだ読者が、二つの年代記を読んでまず感じるのは、年代記の叙述の非演劇的性格です。これは当然のことで、ホールとホリンシェッドがしていることは、年代記の性格に即して、各国王の治世下で起きた政治事件を中心に、ときおり挿話を交えながら年代順に歴史を追うことです。従って、事件の順序の流れを変えたり、物語上の脚色を加えたりすることは許されません。ですから、ナラティブの語り口は、当然抑制された、ある意味で無味乾燥なものになり、現在の読者にとって退屈なものです。ホリンシェッドが「シェイクスピアのホリンシェッド」の形のダイジェスト版でしか手に入らず、ホールに至っては絶版状態というのも合点がいくのです。

ヘンリー6世3部作のドラマとしての地位は、他のシェイクスピアの作品に較べて決して高くはありません。事実、一九六三年のピーター・ホール、ジョン・バートン演出による、「リチャード3世」を含めた4部作形式での、ロイヤル・シェイクスピア・カンパニーの「薔薇戦争」上演以前、ヘンリー6世3部作は商業的に集客力のある芝居とはみなされず、もっぱら学究的な面の興味から、時たまリバイバルされる存在でしかありませんでした。現在、ヘンリー6世劇はサイクル史劇として商業劇団で公演されるようになり、そのドラマとしての魅力も再評価されています。ただそれが、3部作の政治的リアリズムの、苛酷で非人間的な側面に焦点を当てることに偏り過ぎている嫌いがあるのは残念ですが。

この章で試みるのは、シェイクスピアがどのようにして年代記の単純なナラティブを改編したか、その過程をなぞりながら、これまでとかく見逃されがちだったシェイクスピアの卓越した作劇技術に焦点を当てることです。

常に新味と興奮を求めるロンドンの観客の興味をつなぎとめるために、当時の史劇作家に最も要求されたのは、すぐれた詩を書くこと以上に、芝居全体に多くの伏線を張りめぐらせ、有機的につなぎ、一つの場から次の場への進行を必然のものにしながら、多様な年代記の資料を編集して観客に差し出し、彼らを飽きさせぬことでした。

この娯楽性に加えて、イングランド内戦の恐怖という大命題を、3部作に通底する基調音として絶えず鳴り響かせなくてはなりません。経験豊富な古兵の劇作家でも苦労するであろうこの大仕事を、駆け出しのシェイクスピアはどうやってやり遂げたのでしょうか。

「薔薇戦争」の名づけ親、シェイクスピア

「ヘンリー6世パート1」のナラティブの軸となっているのが、イングランドの英雄、「フランス人の恐怖」ジョン・トールボットと、「悪魔に魂を売ったフランスの悪女」ジャンヌ・ダルク（年代記英名 *Joan de Pucelle*。シェイクスピアの劇ではこの名前が用いられている）の対決です。しかしこれは、ホール、ホリンシェッドの年代記に存在しない完全なフィクションです。そもそも歴史上、二人が同じ場所にいたという記録すらありません。

年代記でジャンヌ・ダルクが活躍したのは、十八歳の彼女が神の啓示を受けてシノンのフランス皇太子のもとに現われる一四二八年から、イギリス軍によって捕えられ、宗教裁判の末に異端の烙印を押されて処刑される一四三一年までの約三年間です。

ほぼこの時期に並行するかたちで、シェイクスピアは、トールボットが活発にフランス各地で武勲をあげ、ジャンヌ・ダルクと闘い、ついにボルドー近郊で息子とともに憤死するまでの、文字どおり獅子奮迅の活躍を「ヘンリー6世パート1」で描いています。

ところが年代記でのトールボットは、数多くいるイギリス軍のリーダーの一人にすぎません。確かに「フランス人の恐怖」として、「泣くのをやめないとトールボットが来るよ」とフランスの母親が子どもに言ったというエピソードを紹介していますが、基本的にトールボットは、ときたま名前が出る多くの秀でた軍人の一人以外の何者でもありません。

さらに、歴史上のトールボットが戦死するのは、ジャンヌ・ダルクの死から二十年以上たった

一四五三年のことです。3部作の時間軸で語るなら、次の芝居「ヘンリー6世パート2」の5幕、ヨーク公爵がアイルランドから戻り、王権をヘンリーから事実上奪うのと同時期です。時代はすでに薔薇戦争の渦中で、トールボットの中世的騎士道のヒロイズムは、もはや遠い過去のものでしかありません。これに対し、シェイクスピアのトールボットは百年戦争という愛国的コンテクストの中で、ジャンヌ・ダルクという格好の「悪役」を与えられ、まさに彗星のごとく観客の眼にその軌道を焼きつけて消えていきます。

年代記でのトールボットの死は、戦術上の誤りから多勢に立ち向かわざるをえなかった結果であり、その様子もごく散文的、反英雄的です。「しかしフランス軍はとうとう彼を取り囲み、鉄砲で腿を撃ち抜き、馬を殺し、最後に地面に倒れた彼を殺した」（ホリンシェッド、235）。一方のシェイクスピアは、トールボットの死をもっと象徴的なものとしてとらえています。トールボットに援軍を差し向ける要請を、ヨーク公爵とサマセット公爵が互いの敵対心から拒みます。赤薔薇と白薔薇の抗争として始まった貴族同士の反目の結果、無辜の犠牲者として、トールボットは壮絶な殉死をとげます。長い薔薇戦争の始まりです。そして、この「薔薇戦争」という名前の成立そのものが、シェイクスピアのヘンリー6世3部作に由来している経過は三章で述べます。

「ヘンリー6世パート1」におけるトールボットの死の描写は、リアリストとしてのシェイクスピアの面目躍如たるものがあります。そこには、ナッシュの手放しの愛国的英雄礼讃とはまったく異質な世界があります。トールボットの亡骸を引きとりにきたルーシー卿の芝居がかった個人崇拝の言葉（「あの戦場のヘラクレスはどこにいる、勇敢なトールボット卿、シュリューズベリー伯爵、武勲の類まれなき誉れのゆえ、偉大なウォシュフォード、ウォーターフォード、ヴァレンスの伯爵の名を与えられたあの方は」）[*3]は、ジャンヌ・ダルクの感傷を許さない冷徹な観察によって水をかけられます。これは、やがて来る「ヘンリー6世パート2＆3」の「犬が犬を食らう」内戦で描かれる死の日常性、即物性を暗示しています。

まあなんとたわけた、仰々しいものいいだこと。
掃いて捨てるほど王国を持つトルコ人でも
こんなつまらぬ言い方はしない。
お前が長々と称号を並べて褒めちぎった男は、
我らが足元で腐臭を放って、ウジ虫に食われている。
（4幕7場、72〜76）

年代記にはない、シェイクスピアがヘンリー6世の物語に持ちこんだ最大の題材が、「薔薇戦争」です。現在では、十五世紀のヘンリー6世、エドワード4世、5世、リチャード3世の治世を通じて行なわれた一連の戦闘を「薔薇戦争」と呼びならわしています。しかし、「薔薇戦争」という呼称は、少なくともシェイクスピアの時代にはありませんでしたし、またヨーク家の白薔薇、ランカスター家の赤薔薇という対立のシンボリズムは、戦争が進行していた十五世紀の時代には存在しませんでした。白薔薇は確かに、ヨーク家の家紋の一部として中世から用いられた形跡こそありますが、ランカスター家と赤薔薇の結びつきは、それに較べてはるかに弱いようです。*4

紅白の薔薇というシンボリズムが頻繁に現われるようになるのは、チューダー朝の始祖ヘンリー7世の時代です。ボズワースの戦いでヨーク家のリチャード3世を倒し、王となったランカスター家のヘンリー・チューダーは、ヨーク家のエドワード4世の娘エリザベスと結婚することによって内戦にピリオドを打ち、以後イングランドはチューダー王朝の君主（ヘンリー8世、エドワード6世、エリザベス1世）のもとで比較的安定した時代を迎えます。

しかし、ボズワースの戦いから間もないヘンリー7世の治世はまだ不安定要素が多く、ヘンリー自身の王権の正当性も磐石とは言い難いものでした。王権の信憑性を保証する何かが必要だったのです。この要求を満たしたのが、いわゆる「チューダー神話」です。十五世紀のイングランドを襲った内戦の悲劇とその原因を、十四世紀のヘンリー4世によるリチャード2世の王位剥奪と殺害に求めたのです。この大罪に対する神の怒りがヘンリー6世治世下の内戦を引き起こし、ヘンリー・チューダーがこの苦しみからイングランドを解放したとするものです。

この救世主としてのヘンリー・チューダーが果たす役割の象徴として生まれたのが、白と赤の薔薇を統合した「チューダーの薔薇」です。国家統一の精神のシンボルとして、チューダー王朝の重要な政治的プロパガンダの道具となりました。ちなみにホールの年代記は、そのタイトル（「二つの名高い高貴な家ランカスターとヨークの統一。この気高い国の王冠をめぐり長い間争いに明け暮れた、（中略）この分裂の元凶であるヘンリー4世の時代から始まり、以後の世の変遷に従い、両家の疑いなき華であり真の後胤、偉大かつ賢明な国王ヘンリー8世の御代に至るまでの物語」）が示すように、時の国王ヘンリー8世の王権を正当化するため、「チューダー神話」の視点から歴史を語りなおしたものです。

シェイクスピアが、ホールやホリンシェッドからこのチューダー史観を学んだことは間違いありません。しかし、シェイクスピアの二つのサイクル史劇を、「チューダー神話」の忠実な劇化と定義するティルヤードなどの説は、すでに多くの研究者が立証したように誤っているでしょう。[*5]

事実、ホールやホリンシェッドでさえ、公式なスタンスはチューダー歴史観の踏襲者ですが、実際の歴史のナラティブの部分に「チューダー神話」の匂いははなはだ希薄です。あのホールでさえ、ヘンリー6世治下の記述においては「チューダー神話」への言及は控えめで、あっても型通りの「御墨つき」以上のものではありません。

ましてや、シェイクスピアのヘンリー6世劇を、チューダー朝史観による意図的書き換えと見ることは難しいはずです。年代記を材源に歴史劇を書いたのならば、意識的に反発しない限り、「チューダー神話」を擁護する立場を自動的にとることになると考えた方がよいでしょう。

シェイクスピアの貢献はチューダー王朝神話ではなく、むしろ「薔薇戦争」のシンボリズムを誕生させたことに求められるべきです。のちに、デヴィッド・ヒュームが「イギリス史」（一七六二の中で「二つのバラの争い」と述べたのも、ウォルター・スコットが小説「ガイアーシュタインのアン」（一八二九）で「白薔薇と赤薔薇の戦い」の名称を読者の間に広めたのも、ヘンリー・ペインが「白薔薇と赤薔薇の選択」と題する絵で、テンプル法学院の庭でサマセット公爵とヨーク公爵が赤と白の薔薇を手に対峙している構図を描いたのも、ひとえに「ヘンリー6世パート1」2幕4場を典拠にしてのことです。間違いなくシェイクスピアは、「薔薇戦争」という呼称を定着させた最大の貢献者なのです。

さらに、ロンドンの法律学院（*the Inns of Court*）に付属するテンプル法学院の庭で、若き貴族法学生の討論から白薔薇と赤薔薇の争いが始まったとするのも、シェイクスピアの手になるフィクションです。少なくとも、このエピソードの材源と考えられる物語や伝承は、これまでに確認されていません。無論、ホールやホリンシェッドにも、テンプル法学院の庭の場に相当するものはありません。

シェイクスピアは、特に「ヘンリー6世パート1」で、薔薇のシンボリズムを徹底して利用しています。テンプル法学院の庭で生まれた白・赤薔薇の争いは、4幕1場でトールボットがシュリューズベリー伯爵の位をヘンリーから与えられた直後、ヴァーノンとバセットの言い争いに引き継がれます。そして邪気がないとはいえ、ランカスター家のヘンリーがヨーク公爵の面前で赤薔薇を選んでみせるという、きわどい瞬間に至ります。

「ヘンリー6世パート2&3」になると、薔薇のモチーフへの言及こそ減りますが、「ヘンリー6

世パート2」1幕1場には、ヨーク公爵の「ならば私はミルク色の薔薇を高くかかげよう、その甘い香りで空気が芳しくなるように」という台詞があります。

さらに「ヘンリー6世パート3」Q版[*6]のト書きには、数ヶ所で薔薇への言及があります。1幕1場「ヨーク公爵リチャード、ワリック伯爵、帽子に白薔薇をつけて入場」「ヘンリー6世、エグゼター公爵（中略）帽子に赤薔薇をつけて入場」、Q版5幕1場のト書き「クラレンスは帽子から赤薔薇をとり、ワリックに投げつける」。このように、薔薇のシンボリズムは3部作を通じて効果的に維持されています。

テンプル法学院の庭で始まった貴族同士のいさかいは、ヨーク公爵の王冠への野望を駆り立て、3部作に通底する「ヨーク公爵の盛衰」のテーマへと発展します（「ヘンリー6世パート3」のQ版のタイトルは「ヨーク公爵リチャードの本当の悲劇」）。その一方で、前述したように中世的騎士道の規範であるトールボットを血祭りに供します。若年王ヘンリーの無能が豪族たちの政治的野望に拍車をかけ、イングランドはエリザベス朝の人々が最も恐れた「父が子を殺し、子が父を殺す」内戦へと突入します。皮肉にも、「薔薇戦争」のロマンティックなシンボリズムは、裏切られるために発想されたのです。

エンターテイナーとしてのシェイクスピアの誕生

「ヘンリー6世パート2」が、3部作の中で最も娯楽性の高い芝居であることに異論はないでしょう。その内容の豊富さ、スタイルの多様さは特筆に値します。「ヘンリー6世パート2」で扱っている一四四五〜五五年の年代記を読めば、この高い娯楽性がシェイクスピアの作劇法の産物であり、素材の単調さにもかかわらず成立したものであることが理解できます。

この時点で、シェイクスピアの想像力と詩はまだ発展途上と言わざるをえません。しかし作劇上の構想力、悲劇と喜劇の絶妙なバランスに関しては、すでに頭抜けた才能の萌芽を示しています。マーローの「ファウスタス博士」の成功を明らかに意識した、「魔術もの」の要素でまず観客の興味をつかみ、そこに小マクベス夫人グロスター公爵夫人エレノーの策謀がからみます。次いで、「ヘンリー6世パート1」で始まった「善き臣下グロスター公爵の失墜と死の物語」が、クライマックスを迎えます。そしてくすぶっていた内戦の火は、5幕のセント・オルバンズの戦いでいっきに燃え上がり、大量の血が舞台で流されます。

特筆すべきは、貴族だけでなく一般市民、労働者、職人、徒弟らの声が初めてはっきりと聞きとれることでしょう。「ヘンリー6世パート1」はシェイクスピアの作品の中でも、抜きんでて韻文の占める率が大きいという特徴を持ちます。[*7] その理由の一つに、散文をしゃべる下層階級のキャラクターが皆無であることがあげられます。「ヘンリー6世パート1」の世界は、市井の人々の社会を含みうるほど大きくはなく、そこまで目配りできるほどドラマティストに余裕が感じられません。王侯貴族の史劇の高揚を維持するだけで精いっぱい、といったら言い過ぎでしょうか。

しかし「ヘンリー6世パート2」に関して、その心配はありません。ロンドンの職人の親方と徒弟の政治的ゴシップ上の争いが、決闘にまで発展します。この時点で観客の多くは、それまでよりずっと馴染み深い世界に足を踏み入れたことを感じたことでしょう。こうした民衆の声は、全盲のはずの乞食ソンダー・シンコックスの「開眼の奇跡」に受け継がれ、4幕のジャック・ケイドの反乱のエピソードでクライマックスに達します。

注目すべきは、これら特異な素材が年代記には存在しないか、あってもほんのヒントに過ぎないことです。シェイクスピアはソンダー・シンコックスのエピソードを、年代記からではなく、ジョン・フォックスの「殉教者の書」（一五八三）からとっています。年代記のドラマ化という大仕事を、おそらく共作者とともに「ヘンリー6世パート1」で果たしたシェイクスピアは、さらに世俗世界までを展望し、もっとトータルな作品世界の創造に関心を移したように思えます。

そこでまず、徒弟ピーターと親方ホーナーのエピソードをとりあげてみましょう。ホールの年代記には、ヘンリーによる治世二十四年（一四四五年）の記載で、このエピソードの材源となる話が紹介されています。ピーターに当たる徒弟には名前がなく、「ロンドンの鎧作りの見習い」（207）とだけ記されています。この徒弟が親方を「大逆罪」の容疑で訴え、親方はこれに決闘で応えます。その当日、友人が親方に酒を飲ませすぎたせいで、負けるはずのない徒弟に親方は破れます。本来、「臆病者で下賤の輩」である徒弟は、罰として首をはねられます。

このエピソードは、同年に発生したノリッチの市民による蜂起の顛末とともに、その年の政治的動向を報告する末尾に補遣的につけ加えられたものです。なぜロンドンの職人の喧嘩がそんなに重要なのか、「大逆罪」とは何を指すのか、それらについての説明は一切ありません。ホリンシェッドの年代記にも同様の記述があり（２１０）、徒弟は「巡回裁判の法廷で重罪の判決が下された」とホールより少し詳しく述べています。

年代記に共通しているのは、親方に対する同情の態度です。徒弟の告訴が、理由のないものであったことを前提としているのです。

なぜシェイクスピアがこのエピソードをとりあげたのか、それは推量するしかありませんが、「大逆罪」の内容をランカスター・ヨークの対立という文脈の中に設定することによって、このエピソードを主筋と連結できるというもくろみがあったはずです。ピーターが親方を告発する理由は、シェイクスピアではっきりしています。ヨーク公爵が真の王位継承者である、とホーナーが言ったか否かの真偽が争点です。もしそれが本当なら、間違いなく「大逆罪」に値します。

さらにホーナーは、ヘンリーを「王位強奪者」呼ばわりしたとピーターは言います。この直訴を受けたのがヨークの政敵の一人であるサフォーク公爵であったことから、事態はいっきに深刻化します。ヨーク公爵のフランス摂政任命を阻止する奥の手として、ピーターの訴えは政治的に利用されることになります。

シェイクスピアの改訂で最も目立つのは、ピーターに対する同情的な姿勢です。決闘の結果、破れたホーナーは「自白する、自白する、大逆罪だ」と叫び、ピーターの訴えが正しかったことを証明します。偽証罪の疑いが晴れたピーターには、ヘンリーじきじきに褒美が約束されます。結局、市民の中にヨーク公爵の王位継承権を認める分子がいることを、期せずして認めるかたちで事件は収束します。

しかし、このエピソードの真の価値は、ロンドンの徒弟たちの立場を擁護していることでしょう。ホーナーに較べて、ピーターにはずっと長い台詞が与えられています。観客の中に間違いなく混じっていた下町の徒弟や見習いの若者にとって、ピーターは自分たちの代弁者として映ったに違いありません。

ピーター　みんな、ありがとよ。さあ、呑んでおれのために祈ってくれ。この世の最後の酒を呑んだと思うよ、おれは。さあ、ロビン、おれが死んだらこのエプロンをやるよ。それと、ウィル、お前にはおれの金槌を、トム、ほれ、おれの金をすべてやる。ああ神様、おいらに祝福を。親方とさしで勝てるわけがない、だって親方は剣術の道場にずっと通っているんだから。

ロンドンの取り締まり当局にとって、さまざまなギルドの見習いや徒弟たちが引き起こす暴力事件は頭の痛い問題でした。血の気の多い徒弟たちは些細なことから喧嘩を始め、それが暴徒化して治安を乱すことも日常茶飯事でした。そして多くの場合、彼らの集まる劇場が発生の場所となったのです。[*8]

さらに、八〇年代の劇団の役者たちは、抑圧的なロンドン市当局と衝突することをむしろ誇りとする気質があり、若い労働階級と共通する反骨精神を持っていました。例えば、ロード・チェンバレンズ・メンの前身ともいうべきストレンジズ・メンは、一五八九年十一月に市の禁止令を破って、ロンドン市内の本拠地クロス・キーズでこれ見よがしに公演を行なって処罰を受けています。[*9]

ピーターの勝利は、ロンドンの若い労働者に向けた興行上の便法であり、同時に反権力の連帯のジェスチャーでもあったのです。ある意味で「ジャック・ケイドの反乱」は、こうしたロンドンっ子の職人気質と生まれもっての反抗心、反権力の衝動によって突き動かされているといってよいでしょう。その精神は、ジャック・ケイド自身の言葉「だが、秩序がまったくないとき、おれたちは一番秩序があるのだ」（4幕2場189〜90）に集約されています。

シェイクスピアによるジャック・ケイド反乱の改編

ジャック・ケイドの反乱は、年代記でも多くのページを費やして語られています。しかし、年代記に見られるケイドの顔と反乱の性格は、「ヘンリー6世パート2」のそれとかなり違っています。そこでまず、シェイクスピアが描くところのジャック・ケイドの人となりを、ヨーク公爵の台詞を通して聞いてみましょう。

おれの計画の助っ人に、

向こうみずなケントの男を誘った、
アッシュフォードのジャック・ケイドという男、
ジョン・モーティマーの名を偽って、
奴には派手に大暴れしてもらわねば。
アイルランドでこの屈強なケイドを見たことがあるが、
蛮族の群れに一人ひるむことなく
長いあいだ闘ったので、しまいには奴の腿は
突き刺さった矢でまるで鋭い針だらけのヤマアラシのよう。
とうとう助け出されたとき、見たことか、
踊り狂うダンサーのように軽々と飛び跳ねて、
血のついた矢を鈴のようにならしおった。
毛むくじゃらのずる賢い蛮族の兵士になりすまして、
奴はよく敵兵と話して、
見つからずにおれのところへ帰って来ては、
奴らの悪巧みをこっそり知らせたものだ。
ここから浮かんでくるのは、ヨーク公爵のアイルランド遠征時にスパイとして登用され、腿に矢

が無数に刺さってハリネズミの如くなるのも厭わずに戦いをやめなかった、荒々しい蛮勇の戦士のイメージです。アイルランドを原始時代から脱していない野蛮の地としてしか見ていなかったエリザベス朝の人々にとって、アイルランド語をしゃべれて、土地の人間になりすませるジャック・ケイドは、粗野な非文明的輩を想起させたことでしょう。

しかし、年代記に登場するジャック・ケイドは、これとは似ても似つかない人物です。ホールはケイドのことを、「立派な体躯と侮れぬ知恵を持った若い男」としてまず紹介しています（220）。ホリンシェッドもケイドのことを、「話すときはまじめ、ものの理を語るに有能、心臓は傲慢、持論を曲げない」（224）と、一目置くべき人物として描いています。同時に、「反乱」の内容も年代記ではずっと控えめで、むしろ重税に悩むケント地方の不満分子による、中央政府への直訴の性格が強いことがわかります。

ホールによれば、不満分子の国王に対する一番の要望は、悪評高い「15％税」（fifteens）の廃止です。彼らの敵意は国王に対するというより、国王の若年をいいことに職権を乱用している悪徳貴族に向けられています。

しかし、やがてケイドの野心は当初の目的から逸脱していきます。と同時に、彼のまわりに集まる人々も烏合の衆と化し、ホールのケイドに対する評価は一気に悪化します。

ホリンシェッドもホールに同調して、ジャック・ケイドの議会への訴状を引用するなど、より豊富な資料にあたって検証しています。

訴えの中でケイドは、女王マーガレットの愛人サフォーク公爵を攻撃し、彼のグロスター公爵殺害関与を究明するよう要求しています。同時に、アイルランド征伐の名目で遠ざけられているヨーク公爵を呼び戻すよう進言しています。これも、「ヘンリー6世パート2」のジャック・ケイドにはまったくない側面です。

年代記のジャック・ケイドは、少なくとも当初は地方の不満の受け皿となり、憂国の士の風情を漂わせています。これに対して、「ヘンリー6世パート2」のケイドが率いるのは、都市生活の貧富の差、法律の不公平、階級社会の不合理に「否」と叫ぶ、職人や都市労働者の集団であり、彼らの不満の声はロンドン市民に馴染み深いはずです。

その反乱のシーンは、二人の暴徒のたわいのない雑談から始まります。

ベヴィス　さあ、刀を持ってこい、木刀だって構やしねえ。あいつら二日暴れっぱなしなんだから。

ホランド　それじゃ、なおさら寝た方がいいんじゃねえか。

ベヴィス　いいか、布屋のジャック・ケイドはお国の打ち直しをするつもりだ、表裏ひっくり返して、新品同様にするのよ。

ホランド　そりゃもっとも、なにせお国はボロボロだからな。おれに言わせりゃ、ジェントルマンが現われて以来イングランドは糞面白くねえ。

ベヴィス　惨めなご時世よ。道をわきまえた職人が尊敬されない世の中だ。
ホランド　お公家さんは皮のエプロンするのを恥だと思ってやがる。
ベヴィス　それによう、公儀のお偉方はみな役立たずときた。

（4幕2場1〜15）

この会話から多くの事実が学べます。「木刀」（a lath）への言及は重要で、これは中世の「道徳劇」で人気者だった道化役「悪役」（Vice）に欠くことのできない、木製の短剣を意味しています。このことは、シェイクスピアのケイドの出自が、民間伝統劇の道化であることを示唆しています。

事実、世間の決まりごとや常識を笑い飛ばすジャック・ケイドには、観客の日常の胸のつかえをとる「祭のにせ王様」（Lord of Misrule）としての顔があります。「国土はすべて共同所有とする。（中略）おれが王になった暁は、絶対王になるに決まっているのだが、（中略）貨幣を撤廃する」とケイドが言えば、これに渋面を作る人は少なかったでしょう。さらに、フランス失地の咎を臆病貴族におし着せ、フランス人を「ムッシュー・けつキス」（Mounsier Basimecu=kiss my arse）と揶揄する台詞に、観客は腹を抱えて笑ったことでしょう。

このケイド=道化の図式が、まずシェイクスピアが加えた変更点です。ケイドを「お国」の打ち直しをする布屋に例えているのが面白いですし、このあとシェイクスピアは、ケイドの職業を「はさみ職人」（4幕2場133）としているので、比喩としては一興あります。ヘンリー6世3部作の執筆時期（一五九〇〜九一年）から五年ほど前に起きた、布組合職人の暴動事件を想起した観客もいたかもしれません。[*10]

暴徒の台詞、「ジェントルマンが現われて以来イングランドは糞面白くねえ」は、中世の農民一揆のリーダー、ジョン・ボールの合い言葉「アダムが耕し、イブが糸を紡いだとき、どこにジェントルマンがいたか」に由来します。

すでに指摘されているように、シェイクスピアが描くジャック・ケイドの反乱の根源に見られる平等主義は、年代記に記されたものとは異質です。むしろ、十四世紀のワット・タイラーの反乱に代表される、過激な反権力志向を強く反映しています。

「ヘンリー6世パート2」におけるジャック・ケイドの要求は、政治の中枢から悪徳貴族を除去するにとどまらず、完全な無政府主義の実現です。これがシェイクスピアの加えた変更の第二点とすれば、第三はジャック・ケイドの反乱のくだりから、素材である年代記に記された中世の農民一揆の要素を、ロンドン市民の不満分子による爆発に換骨奪胎したことです。

暴徒はおしなべて「手職人」で、彼らの生業のシンボルは皮のエプロンであり、鎌でも鍬でもありません。彼らの手の平がまめで硬いのは、農作業のせいではなく、都市に暮らす市民の日常必需品を作る作業にいそしんだからです。つまり当時の観客にとって、暴徒はケント地方からやってきたのではなく、スミスフィールドやチープサイドから生まれたのです。

ジャック・ケイドの反権力志向は徹底していて、政府の転覆だけにとどまらず、あらゆる領域での権威の失墜を目指しています。その一つが、法律に対する徹底した敵意です。暴徒の最初の叫びは「弁護士を殺せ」です。契約文書、証文、帳簿、念書などすべての法律文書を燃やして、負債をゼロにしろというケイドの声は、多くの人々にとって理屈抜きに痛快に聞こえたはずです。

もう一つ目立つのは、ケイドの文字嫌い、反学問主義です。その血祭りにあげられるのが、チャルサムの書記エマニュエルです。彼の落ち度とは、職業がら能筆で「学問」があり、運の悪いことに彼の名前「エマニュエル」（ヘブライ語「神よ我とともに」が語源）が、しばしば契約書などの冒頭に用いられたことです。

また、反乱鎮圧に送られたセイ卿は捕えられ、棹の先に突き刺された首が街頭でさらしものになります。処刑の理由は、フランス失地の責任もさることながら、卿が学問奨励に尽くし、グラマースクールを建て、「国中の若者を堕落させる裏切り行為を行なった」ことにあります。さらに、印刷技術を通じ、紙工場を作って学問を奨励したことも罪状に含まれます。「ただ字が読めないからといって、お前はみな縛り首にした」というケイドの告発は、重罪を犯してもラテン語で聖書が読めれば罪が軽減される、いわゆる「聖職者の特権」への大衆の恨みを代弁しています。

道化役のケイドの口から発せられるこうした知識人攻撃は、無論、風刺という笑いのオブラートにくるまれています。しかし、それが政府の検閲の眼をすり抜けるための便法であったことは、言うまでもありません。

結局、ジャック・ケイドは恩赦を約束された暴徒に裏切られますが、彼の「移り気な大衆」に向けた呪詛は、のちのアントニーやコリオレイナスの台詞を予感させるものがあります。シェイクスピアはすでにこの時期から、アジテイターの煽動に無節操に操られる、群集心理の愚かさに関心を持っていたことがわかります。

羽が風であちこちに吹き飛ばされるが、こいつら群衆はもっとたちが悪い。
ヘンリー5世の名前を聞いたとたん、こぞって訳が分からなくなっちまって、
おれを見捨てやがる。ここぞ内緒話をしておれを襲う気だ。

（4幕8場55〜59）

薔薇戦争の悲惨——パート3の大命題

続く「ヘンリー6世パート3」では、再び笑いのない世界に戻ります。ランカスターとヨークの覇権をめぐる争いは、個人的憎悪や復讐の執念、裏切りの連鎖の渦の中に、ついには女子供までも犠牲者として巻きこみます。ある意味で健康な民衆の欲望とエゴイズムは影をひそめ、豪族・貴族のプライドをかけた力の衝突が、明日のない勝利と敗北という不毛なサイクルを繰り返します。こうして、「父が子を殺し、子が父を殺す」内戦の悲劇は、ひたすら悲惨さを深めていきます。そして、この混乱を収拾すべき立場の国王は、自らの無力を嘆くしかすべがありません。

「ヘンリー6世パート3」の主題は、「王不在のイングランド」にほかなりません。「ヘンリー6世

パート3」で扱うセント・オルバンズの戦い直後から、一四七一年のチュークスベリーの戦いまでの期間は、年代記を紐解くと、ひたすら政治上の事件と戦闘、そしてそれに参加した軍人や貴族の行動の記録となっています。そこには、フランスでの敗北の後始末以外のなにものでもない、政治的駆け引きが入り混じっています。

こうした年代記の単調なナラティブを劇的に再構築することは、至難の技であったはずです。エムリス・ジョーンズが指摘するように、「当初芸術的造形に抵抗すると見えたに違いない、まさにその形のなさの要素を積極的に利用しようとシェイクスピアは決めた。その結果、その無秩序性を隠すどころか、むしろ無秩序をテーマに設定した」[*11]という側面もあったでしょう。

いずれにせよ、シェイクスピアが「ヘンリー6世パート3」で成し遂げた劇作家としての仕事ぶりは、年代記の平坦で没個性的な叙述と比較しない限り、評価されにくい運命にあるわけです。

シェイクスピアがパート3でまず手がけたのは、「ヘンリー6世パート1」からずっと継続してきた「ヨーク公爵の盛衰の物語」に、その比重に見あう悲劇的結末を与えて収束させることでした。「ヘンリー6世パート2」と「ヘンリー6世パート3」は、歴史的に連続しているかの印象を受けます。しかし、「ヘンリー6世パート2」の最後で描かれるセント・オルバンズの戦いから、「ヘンリー6世パート3」の冒頭、つまりヘンリーが自分の死後に王位をヨーク公爵に譲ることを約束する場面までは、年代記の上では約五年が経過しています。

この間にヨーク公爵の身に降りかかった不遇――ヨーク家の擁護者ワリック伯爵が国王の下僕に襲われ、ヨーク公爵が身の危険を感じてアイルランドに逃亡し、ヨーク家支持者が議会で反逆罪に問われるなどの一連の事件――はカットされました。そして、セント・オルバンズの戦いにおける決定的勝利の勢いに乗じて、ヨーク公爵が権力の頂点に昇りつめる間際までを、シェイクスピアは1幕1場でいっきに短縮しています。

しかし、年代記でも「ヘンリー6世パート3」でも、ヨーク公爵失脚の日は足早に近づいてきます。年代記によれば、ヘンリーから王位禅譲の約束をとりつけたのと同じ年に、ヨーク公爵勢はウェイクフィールドの戦いで大敗し、公爵自身も戦死します。さらに幼い息子ラトランドは、ランカスター家のクリフォード卿によって殺害されます。

これらの与えられた素材を、シェイクスピアは見事に脚色しました。まず、ラトランド殺しですが、先行する「ヘンリー6世パート2」のセント・オルバンズの戦いで、シェイクスピアはヨーク公爵にクリフォード卿の父を殺させています。父の亡骸を前に、クリフォード卿は復讐を誓います。「ヨークは我が家の年寄りを赦しはしない。これからはヨークの赤子を赦すまい」（5幕2場51～52）。

こうして、「ヘンリー6世パート3」のラトランド殺しは、周到に用意された伏線をもつ復讐劇に書き換えられました。さらにヨーク公爵の死は、単なる戦闘の犠牲から一転して、憎しみに満ちた屠殺の儀式へと演出され直します。公爵は女王マーガレットの軍に捕えられると、息子ラトランドの血に染まったハンカチでいたぶられ、紙の王冠をかぶせられるという屈辱を味わわされたあと、クリフォード卿とマーガレットによって刺殺されます。ホールの記録では、戦死したヨーク公爵の遺体をクリフォード卿が見つけ、首を切って紙の王冠をかぶせるだけです。

ホリンシェッドはこれを踏襲しつつ、別の説を紹介しています。捕虜となったヨーク公爵は小さな盛り土の上に立たされ、「花輪」を頭にのせられて、「キリストがユダヤ人にされたように」嘲笑と揶揄の的にされます。シェイクスピアはこのホリンシェッドの描写からヒントを得たことがわかります。

しかし、ホリンシェッドでのマーガレットは、ヨーク公爵の死にまったく責任がないにもかかわらず、「ヘンリー6世パート3」では、マーガレットはヨーク公爵の屈辱のすべての発案者であり実行者です。「フランスの雌オオカミ」マーガレットは、自分がのちにチュークスベリーの戦いで敗れ、息子エドワードがヨーク公爵の息子たちに次々と刺されて殺されるのを、目撃させられる運命にあることを知りません。

「因果は巡る」という伏線の網は、至るところに仕掛けられています。この復讐のサイクルは、明らかにシェイクスピアの脚色になるものです。年代記では、実際にエドワード王子の殺害に参加するのはヨーク三兄弟のジョージとリチャードだけであり、エドワード4世は加わっていません。さらにマーガレットも、近くの「みすぼらしい神の家」（ホリンシェッド、320）に身をひそめており、息子の殺人現場に居合わせてすらいないのです。

ヘンリー6世3部作の大きな底流である、ヨーク公爵の王位への挑戦の幕引きは、キリストがゴルゴダの丘で受難した、茨の冠のエピソードに似せた儀式的屠殺で印象的に演出されます。その惨劇の目撃者であるランカスター勢のノーサンバランド伯爵は、敵ながら憐れみの涙を禁じえませんが、その涙は観客の多くが流したものと同じだったに違いありません。グリーンが「成り上がりのカラス」とシェイクスピアを攻撃した際、この場面の一節を引用していることは、皮肉にもそのインパクトの強さを証明する結果となっているのです。

次にシェイクスピアが直面したのは、劇の構成上の大問題です。

ヨーク公爵の死で1幕が終わると、2幕ではヨークの息子エドワードとリチャードが父の訃報に接し、続いてシーンはヨークに移り、期せずして二人の国王が対峙することになります。そして、タウトン・サクストンの戦いでランカスター軍が敗れ、クリフォード卿は戦死します。エドワードはヘンリーとの取り決めに従ってイングランド王を名乗り、正式に戴冠すべくロンドンに向かいます。

続く3幕でエドワードは、我々の前にエドワード4世として姿を現わします。一方、敗れたヘンリーはスコットランドに亡命し、しばらくしてイギリス領内で発見されてロンドン塔に送られます。一連の事件の進行はスムースに進み、観客は何の違和感も覚えません。

しかし年代記では、この部分の叙述形式に大きな変化が起こっているのです。ヘンリーがスコットランドに逃れ、マーガレットが息子を連れてフランスに亡命したのち、ホールの年代記では空白スペースを設け、それに続いて中央に「終わり」（*FINIS*）と大文字で書いたあと、「ヘンリー6世の困難な時代の終わり」と続けます。

さらに、空白スペースを設けて、それまでの叙述と新しい叙述の始まりの境界を強調して、大きなフォントの大文字で「エドワード4世による繁栄の統治の始まり」とうたって、ヘンリー6世時代の終焉を宣言しています。ヘンリーは年代記の上では、この時点で過去の人と化したのです。

ホールの年代記では、新王エドワードの新しい政策に讃辞を呈してこれを高く評価しています。いわく、エドワードは前王の隠遁傾向を意識して積極的に人前に出て人心をとらえ（「一部にやり過ぎという批評はあるが」262）、法律を整備し、金、銀貨を新たに鋳造し、ランカスター家の人々には恩赦を与え、長い内戦に飽いた民衆はしばしの平和を歓迎した、などなどです。

また、ホリンシェッドの年代記での扱いもほとんど同じです。「ここまで、王権を奪われたヘンリー6世の悲劇の物語」という見出しでヘンリーの治世を終わらせると、ホール同様の大きな太字フォントで「エドワード4世。もとマーチ伯爵、ヨーク公爵リチャードの嫡子、跡継ぎ」と大書し、余白に「治世一年、マーチ伯爵王位に就く」と記しています。ホールもホリンシェッドも、エドワード4世の戴冠式を記録しているのはもちろんです。

シェイクスピアの「ヘンリー6世パート3」を読むかぎり、政権交代があったことは皆目わかりません。スコットランドに逃れたとはいえ、ヘンリーはいまだ国王です。これは、ヘンリーがイギリス領に戻ったところを森番に捕えられるシーンでもわかります。

森番2　思うに、
あなたは、エドワード国王が王位を奪った人に違いない。
国王に忠誠を誓った我々臣下の義務としてあなたを敵として逮捕します。

ヘンリー　しかし、忠誠の誓いを一度破ったのではないか？

森番2　いや、そのような誓いを破ったつもりもないし、今破るつもりもない。

ヘンリー　（略）
私は九ヶ月のときに王位に就き、私の父と祖父は国王だった。
お前たちは私に臣下の契りを誓ったはずだ。
さあ答えてみろ、誓いを破ったことにはならぬか？

森番1　あなたが国王だったあいだは、確かに臣下でした。

（3幕1場68〜81）

シェイクスピアの描くイングランドは二人の国王を頂き、まだ内戦から抜け出していません。薔薇戦争の火種は小休止の間にくすぶっているだけで、再び大きな火の手が上がることは目に見えています。年代記の説くしばしの平穏は、「ヘンリー6世パート3」の構成の緻密さに水をさし、劇的緊張を弛緩させるものでしかありません。

劇のヒーローは、良くも悪くもヘンリー一人しかいないのです。その基本的認識に疑問を投げかける要素は、例え史実とはいえ、劇のナラティブから排除しなくてはならない。これがシェイクスピア史劇のスタンスです。

ヘンリーの孤独と人間性

「ヘンリー6世パート3」におけるシェイクスピア最大の年代記改訂は、2幕5場です。ランカスター軍が決定的敗北を喫し、エドワード4世誕生の契機となるタウトン・サクストンの戦いのまっただ中に、この芝居の「核」である、完全にシェイクスピアの創作であるシーンが挿入されます。

この2幕5場は、戦いから逃れたヘンリーの五十行以上にわたる独白で始まります。そもそも3部作で、ヘンリーが本格的な長い独白を与えられているのはここだけです。年代記では、ヘンリーの病弱、優柔不断、父ヘンリー5世の子とは思われぬ戦場での無能、その他諸々の君主としての資質の欠如に、多くの紙面が割かれています。と同時に、ヘンリーがいかに敬虔で信仰にあつく「聖王」の異名で知られたかを、かなり詳細に述べています。

3部作は、この年代記におけるヘンリー像を基本的に引き継いでいます。父の死によって国王となったとき、ヘンリーは九ヶ月の赤子で、「ヘンリー6世パート1」に登場するのはやっと3幕になってからです。しかも、冒頭の「王入場」のト書きからヘンリーが初めて口を開くまで、摂政グロスター公爵を含む貴族や僧侶の言い争いになす術もなく、六十行以上も他者の言葉に耳を傾けることになります。彼の最初の台詞の内容は、身内のいがみあいを調停しようとする弱々しい努力です。このシチュエーションが、ヘンリーの不幸のすべてを語っているといっても過言ではないでしょう。

「ヘンリー6世パート2」を経て、ヘンリーはある程度の人間的な肉づけをされます。例えば、叔父である摂政グロスター公爵の暗殺時には真の悲しみを表わし、容疑者サフォーク伯爵糾弾の口調の激しさは眼を見張るものがあります。しかし、全体像としてのヘンリーの印象はやはり希薄です。2幕5場の独白は、ヘンリーの人格が年代記を越える瞬間をとらえています。少し長くなりますが、途中省略したものを引用します。

もし神の思し召しなら、いっそ死んだ方がましだ。
悲しみと憂いのほかこの世に何があるというのだ。
名もない一介の里人になれたら、
ああ、神よ、それに勝る幸せがあるだろうか。
今こうしているように、丘に座って、
日時計の時をきざむのを一つ一つ巧みに木に刻み、
時間の過ぎ行くさまを知るのだ。

何分たてば一時間になるのか、
何時間たてば一日になるのか、
何日たてば一年がやってくるのか、
何年たてば空蝉の身は一生を終えるのか。
これが分かれば、今度は時間を分ければいい。
これだけの時間私は羊の番をしなければいけない、
これだけの時間休息をとればいい、
これだけの時間瞑想に耽ればいい、
これだけの時間遊びに興じればいい、
これだけの日にち母羊は子供と一緒にいる、
これだけの週が過ぎれば甘えんぼうの子羊は乳離れする、
これだけの年が過ぎたら毛を刈ればいい、
こうして分、時間、日、月、年が過ぎ、
神が設けたもうた最後のときまで続く、
そして白髪の私を静かな墓が迎えてくれる。
ああ、なんという暮し。なんと楽しく素晴らしいのだ。
（19～41）

独白としても、詩としても未完成で、君主の孤独と宮廷の虚飾を嘆じるのちのリチャード2世やヘンリー4世による独白の切迫感は、ここでは望むべくもありません。技術的に言えば、特に冒頭部分で対立構文に頼り過ぎている点や、中程の時間を数えるくだりではメカニカルな方式の繰り返しを多用しすぎて、簡単にパターンを予想されてしまっています。とはいえ、これは一五九〇年代初期のエリザベス朝劇作家におけるレトリックの常套なのですが。

長い独白はともすれば退屈です。従って、役者が頼りにできる修辞的な「型」が欲しかったのは理解できます。しかし、有機的で自由な想像力の流れを長い独白に込める力量が、シェイクスピア自身にもまだ備わっていなかったといわざるをえません。

その台詞の完成度はともかく、こうした弱点を補っているのが、寡黙を強いられてきたヘンリーに、心を完全に開く機会が与えられたという事実そのものです。見方を変えれば、人格として未成熟なヘンリーの白昼夢の器として、この独白のナイーブな様式がうまくマッチしているともいえます。

観客の心を動かす力がこのスピーチにあるとしたら、それは3部作全体を通していかにこの種の純真さ、普通の生活のリズム、日常の当たり前の幸福が、疎外され無視されてきたかという事実を我々に思い出させるからでしょう。

確かに年代記のヘンリーには、精神の異常を疑わせる箇所があります。ホリンシェッドはスコットランドに逃れたヘンリーが、イギリス領内に足を踏み入れて捕えられたとき、「あるいは、判断と完全な心が不安定であった」として、ヘンリーの異常な行動の理由の一つに精神不安定の可能性をあげています。今日の歴史家の中には、ヘンリーが三十歳代の初めから精神病の発作に悩まされていたとする人もいます。[*12]

もしかしてシェイクスピアは、そうした病理的異常を年代記の記述から感じとったのかもしれません。唐突に聞こえるかも知れませんが、例えばウィリアム・フォークナーの「響きと怒り」に登場する白痴ベンジーの閉ざされた頭脳が、世界のあらゆる騒音を集めて増幅する共振箱のように作用するのと同様、ヘンリーの何ものにも汚されていない感受性は、内戦の不幸を共鳴させる劇的装置として働いているとはいえないでしょうか。事実、独白のあとでヘンリーの目の前で起こる流血の不幸は、彼の無垢の眼で目撃され、報告されることによってその残酷さがいっそう我々に肉迫してきます。

ヘンリーは自分の無力を嘆くしか方法を持ちませんが、まさにその無力と無条件の憐れみこそ、庶民の悲劇の証人としての資格を彼に与えているのではないでしょうか。

Ｆ１ではヘンリーの独白の直後のト書きは、次のようになっています。

父を殺した息子一方のドアから入場、息子を殺した父が他方から入場これはシェイクスピアの書いたト書きである、という説もあります[*13]。もしそうだとしたら、出版を見越した読者のためのト書きでしょう。一方、Q版では次のようになっています。

死体を腕に抱えた兵士入場

観客が経験するのは、明らかにQ版の通りです。兵士が死体を運んで舞台に現われるとき、観客はそれを戦闘で敵を殺した無名の兵士が現われたと、額面通り受けとることになります。その意味でも、Q版のト書きは優れています。

「親が子を殺し、子が親を殺す」内戦の悲劇は、古くからあるテーマです。例えば、内戦への警鐘を鳴らした劇「ゴーボダック」(一五六一)には、「血のつながった者同士が殺しあい、父がそれと知らず子を殺し、子は父を殺し、それを知らぬだろう」とあります。

死体を担いできた男は金目のものを捜そうとして、やっと殺した相手が父親であることを知ります。

子　これは誰だ。ああ、神よ、父の顔だ。
　この戦いのあいだ、それと知らず私が殺したのだ。

ああ、こんなことが起きるなんて、なんという惨めな時代だ。
私は国王に従ってロンドンで兵役についた、
父はワリック伯爵の家来だったので、
主人にかりだされてヨーク家に加担した。
そして私は、命を授かった父から、
自らの手で命を奪ってしまった。
神よ、お赦しを。何をしたのかも分からなかったのです。

このあと、反対の舞台袖から別の男が同じように死体を担いで入場します。子をそれと知らず殺した父親です。同じパターンで認知と悲嘆が繰り返され、ヘンリーは沈黙の証人として、ただ内戦による悲劇の苦痛をともに嘆くことしかできません。豪族の権力争いである薔薇戦争の一般庶民への波及は、シェイクスピアが周到に用意してきたシンボリズムのもと、予期せぬ形でヘンリーによって表現されるのです。

憐れみたまえ、優しき天よ、憐れみたまえ。
赤薔薇と白薔薇があの男の顔で競っている、
我らの二つの家の争いの、死を呼ぶ色。

真っ赤な血はまさに赤薔薇の色、
青ざめた頬は白薔薇のように見える。
どちらでも構わぬ、一つ枯れて他の花を咲かせろ。
二つの薔薇が闘えば、千の命が枯れる。
（96〜102）

このパッセージは、シェイクスピアが「チューダー王朝神話」の単なるスポークスマンではないことを教えてくれます。テンプル法学院の庭から始まった赤薔薇と白薔薇の戦い、その真の犠牲者は無辜の民です。この教訓は、「処女王」エリザベスの後継者不在が確定的になった、この芝居が書かれたと思われる一五九〇年当時、決して他人ごとではなかったはずです。

無名の父と息子の台詞は、ヘンリーの独白同様に修辞的定型をなぞる域を出ていません。しかし、父と子に命のやりとりをさせる内戦の過酷さは、むしろ言葉の朴訥さ故に強烈なインパクトを観客に与えます。

実際の上演でこの子殺し、父殺しの場面は、まさに言葉を要しない、肉体の説得力で我々を圧倒します。

死体を腕に抱えた兵士入場

リチャードの肖像――「リチャード3世」誕生の予感

最後にとりあげるのは、「ヘンリー6世パート2&3」における将来のリチャード3世、つまりヨーク公爵の息子リチャードに対するシェイクスピアの扱いです。

ヘンリー6世3部作は、それに続く「リチャード3世」を含む「4部作」として扱われるのが習わしとなっています。事実、「ヘンリー6世パート3」と「リチャード3世」は、史実の上でも執筆年代の上でも切れ目がありません。「ヘンリー6世パート2&3」の中でリチャードは、加速度的にその存在感を増し、「ヘンリー6世パート3」の終わりでは、「リチャード3世」の主人公としてほぼ完璧な形で出現しています。「ヘンリー6世パート2&3」はある意味で、「リチャード3世」への飛躍のための助走としての側面を持っています。

年代記で最初にリチャードの名前が出てくるのは、息子の身に危険が迫っていることを懸念した母親ヨーク公爵夫人が一四六一年、リチャードを兄のジョージとともに秘密裏にユトレヒトへ送り、当地でブルゴーニュ公爵の庇護を受けたときです（ホール、253）。一四五二年生まれのリチャードは、このときわずか九歳でした。

ひるがえってヘンリー6世3部作でのリチャードは、「ヘンリー6世パート2」5幕1場、ジャック・ケイドの反乱が鎮圧されて、ヨーク公爵がアイルランドから戻ってきたとき、父に同伴する若武者として初登場します。一四五二年のことです。歴史上のリチャードはこの年に生まれているので、シェイクスピアの改訂はまったく史実を無視しています。あえて年代記に逆らってまでして、早い時期にリチャードを登場させる必要があったのでしょうか。この時点でシェイクスピアは、すでに「悪党国王」リチャード3世の芝居の構想を得ていたのでしょうか。

あとの疑問には答えようもありませんが、前の疑問に対しては説明が可能です。「ヘンリー6世パート2」5幕1場は、セント・オルバンズの戦いの直前であり、この戦いはそれを境に新旧の世代交代が行なわれる重要な場面です。

つまりこれ以後、父ソルズベリー伯爵の代りに、息子のワリック公爵がネヴィル家の家長となり、「キング・メーカー」としての地歩を固め始めます。クリフォード伯爵はヨーク公爵に殺され、息子のクリフォード卿の復讐の誓いが「ヘンリー6世パート3」のナラティブの大きな原動力となります。この世代交代の動きを顕著にするためには、ヨーク公爵の息子エドワード（将来のエドワード4世）とリチャードを、できるだけ早い時期に登場させる必要がありました。

このとき、すでにリチャードの身体的奇形が言及されています（「目障りだ、怒りの塊、薄汚い未消化の肉塊、お前の振る舞いも同じようにねじれ曲がっている」5幕1場、157〜58）。セント・オルバンズの戦闘で、リチャードはランカスター家のリーダーの一人であるサマセット公爵を殺しますが、これはまったく史実に反しています。

加えてQ版でのリチャードは、若いクリフォード卿とも戦っています。これは二人の個人的ライバル関係を考えればごく自然な組み合わせといえます。「ヘンリー6世パート2」が終わる時点で、リチャードはヨーク家の若虎として確固たる地位と発言力を持つ存在に成長しています――歴史上まだ生まれていないにもかかわらず。

「ヘンリー6世パート3」になると、リチャードは以前にも増して頻繁に登場し、その存在感はますます重みを増します。明らかにシェイクスピアは、ヘンリー6世3部作の続きとして、リチャード3世の治世を描いた史劇を計画しています。

ここでは特に重要な例だけに限定して見ていきます。以下にあげるのは、ただし書きがない限りすべて、ホール、ホリンシェッドの年代記にはない、シェイクスピアの手による史実の改編です。

冒頭1幕1場では年代記に従って、ヘンリーの存命中、ヨーク公爵は国王への忠誠をまっとうし、ヘンリーの死後、ヨーク公爵あるいはその嫡男が国王となる約束が公の場でなされます。その後のセント・オルバンズでの軍事的勝利で、ヨーク家は王位への権利を主張できる力を獲得しますが、個人的名誉を重んじるヨーク公爵は約束を破ることに消極的です。

しかし若い世代、つまりエドワードとリチャードは、父に約束を反古にするよう迫り、結局ヨーク公爵は折れます。この説得に主に当たるのがリチャードです。彼は優れた軍人であるだけでなく、法律議論でも雄弁を振るう政治家として、一目置くべき存在となっています。リチャードの最大の特徴は、その強烈な権力志向にあります。彼の野望の声には、マーローのタンバリンにも似た、ロマンティシズムの香りに染まった息吹を彷彿とさせるものがあります。

父上、想ってもご覧なさい、

王冠を頭に頂くことの素晴らしさを。
その環の中には、詩人が謳う至福と喜び、
まさにこの世の楽園が約束されているのです。
なぜぐずぐずしているのですか？　私は待てません、
私がつけている白薔薇が
ヘンリーの心臓の温かい血で染まるまで。
（1幕2場28〜34）

2幕3場と4場のタウトン・サクストンの戦いで、リチャードは獅子奮迅の活躍を見せ、二人の兄弟エドワードとジョージの弱気を叱咤し、年上のワリック伯爵を反対に鼓舞します。一方、兄エドワード（将来のエドワード4世）の「キング・メーカー」ワリック伯爵への卑屈ととられてもしかたない全面的依存は、彼の欠点としてはっきり印象づけられます。

3幕2場の七十行以上にわたる長い独白で、リチャードははっきりとその存在感を樹立します。エドワードの戴冠式は実際に「ヘンリー6世パート3」では描かれていませんが、エドワード4世の政権が誕生してヨーク家が権力を握り、リチャード自身もグロスター公爵となったあと、このリチャードの独白が置かれています。つまり、「リチャード3世」の冒頭でリチャードが「我らが不遇の冬は、このヨークの太陽によって今輝かしい春となった」で始まる独白をしゃべるシチュエーションを先どる状況が、期せずしてここですでに実現しているのです。事実、この独白には「我らが不遇の冬」スピーチの基本構想がすでに備わっています。

つまり、リチャードの体の奇形（「恋が賄賂を使って気の弱い自然の女神をたらしこんだお陰で、おれの腕は枯れ果てた枝のように萎び、おれの背中には憎い山が盛り上がり、おれの体を不具がせせら笑う」）や、好色な兄のエドワードとは異なり宮廷の恋愛ゲームに無縁である点（「ふん、色恋とは母親の腹の中でおさらばしたさ」）、そしてイギリス国王の王冠に対する偏質的ともとれる執着（「王冠の夢を見て天国を想うさ、そして一生この世を地獄と思う。この頭を支えるおれの不具の体が、まぶしい王冠の環に包まれるときがやって来るまで」）などです。

さらに「役者／悪党」、つまり仮面（ペルソナ）を装う役者の本質的な二重性を、積極的にリチャードのアイデンティティーにとり込むことで、エリザベス朝演劇における悪漢の系譜の直系としてリチャードを書き換えられるという発見が、シェイクスピアにはあったはずです。リチャードのマキャヴェッリへの言及（「暗殺好きのマキャヴェッリを寺子屋通いさせてやろう」）は、クリストファー・マーローが「マルタ島のユダヤ人」で描いたバラバスへのオマージュという側面を持つと同時に、当時の観客の想像力の中で徐々に息づき始めていた「マキャヴェッリ型の悪党」のイメージを定着させることに、大いに力を発揮したはずです。

グロスター公爵リチャードの存在感は、5幕に入ると王エドワードを簡単に凌駕します。シェイクスピアは、「リチャード3世」で重要な役割を演じるヘイスティング卿やスタンリー卿を年代記を無視して登場させ、周到に次の芝居への準備をしています。5幕6場でリチャードは、ロンドン塔で幽閉中のヘンリーを殺害しますが、これは年代記の叙述に従ったものです。シェイクスピアは暗殺の直後、再びリチャードに独白の機会を与えています。

ここで役者、悪党としてのリチャード像は今一度脱皮を遂げ、まさに我々が「リチャード3世」で再会する、真のドラマティック・ヒーローとしてのリチャードに変身しています。それはむしろ孤立を好む、孤独な反社会的異端児としてしか自分の居場所を見つけられない、「異邦人」としてのリチャードの顔です。

「おれには兄弟もいない、誰にも似ていない（中略）おれはただ独りだ」（5幕6場80～83）

この個人主義のつぶやきは、ヘンリー6世3部作はもちろん、これまでのエリザベス朝演劇でもめったに聞かれなかった種類のものです。

「リチャード3世」は現代でも繰り返し上演される人気芝居ですが、その秘密の一つに、間違いなくこの孤立を厭わぬリチャードへのある種の共感があるはずです。リチャードの徹底した利己主義は初めから挫折する運命にありますが、その原始的でなりふりかまわぬ本能的衝動は、芝居自体のエネルギーを異常な域まで高める力を持っています。

独白の最後でリチャードは、兄のエドワードとクラレンスの不仲を画策する計画を観客に語りますが、「リチャード3世」はまさにその筋書きの進行中に幕を開けます。「ヘンリー6世パート3」を「リチャード3世パート1」と呼ぶことには無理があるとは思いますが、あながち根拠のない思いつきともいえないのです。

第二章―― 注

1 Edward Hall, *The Union of the Two Noble and Illustre Families of Lancaster and York*.(1548), rept. of 1809 ed. New York: AMS Press,1965. ホールからの引用箇所は、本書のページ番号で示す。

2 Raphael Holinshed, *Holinshed's Chronicles of England, Scotland, and Ireland*, rept. of the 1807-08 ed. New York: AMS Press, 1976, vol. 3. ページ番号は前掲書と同じ。

3 シェイクスピアからの引用はすべて *The Riverside Shakespeare*, the 2nd ed. より。

4 ヨーク家と白薔薇、ランカスター家と赤薔薇、および薔薇戦争の名前の起源については、以下を参照。Desmond Seward, *A Brief History of the Wars of the Roses* (NY: Carroll & Graf, 2007[1995]). Sydney Anglo, *Images of Tudor Kingship* (London: Seaby, 1992) 74-97. Charles Ross, *The Wars of the Roses: A Concise History* (London: Thames & Hudson,1976) 10-15.

5 Dominique Goy-Blanquet, *Shakespeare's Early English History Plays: from Chronicles to Stage* (Oxford: Oxford Univ. Press, 2003) 1-5に、ティルヤード以降のヘンリー6世3部作の批評史のよい要約がある。

6 「ヘンリー6世パート3」の初版（*The True Tragedy of Richard Duke of York*, 1595）は、普通の四つ折り(Quarto)ではなく八つ折り（Octavo）なのだが、慣習に従って以後Qと表示する。

7 Stanley Wells, Gary Taylor et alii eds., *William Shakespeare: A Textual Companion* (Oxford: the Clarendon Press,1987) 9.

8 E K Chambers ed., *The Elizabethan Stage* (Oxford: the Clarendon Press, 1965[1923]) vol.4, 297.

9 Ibid. 305.

10 *The Second Part of King Henry VI*, ed. Michael Hattaway (Cambridge: Cambridge Univ. Press, 1991) 171, line 4 note.

11 Emrys Jones, *The Origins of Shakespeare* (Oxford: the Clarendon Press, 1978) 181.

12 Seward, *A Brief History of the Wars of the Roses*, 5.

13 W W Greg, *The Shakespeare First Folio* (Oxford: the Clarendon Press, 1955) 181.

第三章　「ヘンリー6世パート2」Q1とF1の比較論
――「劇場」と「パフォーマンス」をキーワードに

エリザベス朝における演劇台本がどのような過程を経て完成に至っていたのかは、わからない点が多々あります。大まかにいえば、依頼された劇作家がまず原稿を書き、それを劇団幹部が読み、その段階で手直しが要求されたことでしょう。こうして完成されたスクリプトには、さらなる改訂が求められます。決して多いとはいえないリハーサルを経て具体的な手直しが加えられ、ト書きや入退場のキューが確認され、ブック・キーパー[*1]がメモを書き込み、そしてやっと実際の上演に耐えうる台本ができあがったはずです。

この章では、「ヘンリー6世パート2」と「ヨーク・ランカスター家」の比較を試みます。この二つのテクストの関係についてはさまざまな議論がありますが、ここではF1とQ1のテクストを上演用脚本として、つまり個人の読書のための「本」ではなく、実際に舞台で使用する「台本」として比較してみることで、どういった事実が見えてくるのかを探ってみたいと思います。どちらのテクストがより上演に適しているか、という問いが当然一つの焦点となるでしょう。

それ以上に、二つのテクストを比較することで、少しでもエリザベス朝の劇場の舞台裏を覗くことができるのではないか、という淡い期待があります。商業舞台に芝居をかけるという現実的課題に対応するため、さまざまなステージングの要素が台本の中にとり込まれ、台本自体が変貌していくその過程を盗み見ることができるのではないかという期待です。

「劇場」「上演」をキーワードに二つのテクストを比較すると、F版とQ版の強い結びつき、相互補完性といったものが浮かび上がってきます。別の言い方をすると、「ヘンリー6世パート2」と

「ヨーク・ランカスター家」という二つのテクストを、一つの大きな「メタ・シアター・テクスト」として読みほどこうとする試みでもあるわけです。

F1とQ1の性格の違いとは

まず、「ヘンリー6世パート2」と「ヨーク・ランカスター家」の関係をできる限りはっきりさせなければなりません。第一章で示したように「ヘンリー6世パート2」の台本は、親劇団のストレンジズ・メンから分派したペンブローク・メンへ一時的に譲られたか、あるいはそのコピーがペンブローク・メンの地方巡業にあわせて作られた可能性があります。ストレンジズ・メンの上演に参加した団員が、台詞を頭に入れたままペンブローク・メンのメンバーとして地方巡業に出発したとすると、当然、個々の役者が自分の台詞だけを抜き書きした「パート」と呼ばれるものしか、手元には残っていなかったはずです。もしかするとそれさえなく、すべて記憶に頼らざるをえない状況にあったことも想像できます。

地方巡業後、ペンブローク・メンは解散しました。しかし、一部のグループがいわゆる「記憶による再構築」によって失われたテクストを再現し、出版にこぎつけた台本が、一五九四年の「ヨーク・ランカスター家」であると考えます。ただし、この「記憶による再構築」に疑問を投げかける声も多く、例えばパトロンの貴族が所望して劇団の筆写人が芝居を清書して渡し、これが出版業者の手に渡った可能性も否定できません。[*2]

ここで大事なことは、「ヨーク・ランカスター家」がペンブロークス・メン（あるいはストレンジズ・メン）による実際の上演の経験を経て生まれたテクスト、つまり劇場の内部から生まれたテクストであるという事実です。これは、事実上の続編である「ヨーク公爵の本当の悲劇」の表紙に、「ペンブローク伯爵様の僕によって何回も上演された通り」とあることからも明らかです。

また、F1の「ヘンリー6世パート2」こそがシェイクスピアの書いた「オリジナル」であり、それを「ヨーク・ランカスター家」が混乱しながらも再現しようとした、という誤解があります。実際はF1ヴァージョンも、舞台上演のためにシェイクスピアの手（ほかの劇作家による改訂もまったく否定はできません）によって加筆、改訂されている可能性が極めて高いのです。同時に「ヨーク・ランカスター家」や「ヘンリー6世パート2」も、上演を経て（後者に関しては少なくとも再演を見越して）改訂されたものであり、最終的にどちらも出版を意識し、「本」としての体裁を整えるための編集、改訂を施された上で、我々の手に残されたのです。

つまり、シェイクスピアが一五九〇〜九一年頃に書いた手書きによる「オリジナル」を、「原『ヨーク・ランカスター家』『ヘンリー6世パート2』」と呼ぶなら、Q1「ヨーク・ランカスター家」もF1「ヘンリー6世パート2」も、基本的には「原『ヨーク・ランカスター家』『ヘンリー6世パート2』」から離れていると同時に、忠実であると言って差し支えないでしょう。

ただ、シェイクスピアの同僚ヘミングズとコンデルがF1で保証しようと企てた、作者の書いた通りの「正統なシェイクスピア」を我々が求めるとき、真っ先に向かうのはF1であるという事実に揺るぎはありません。

テクストがたどった系譜は、図で見るのが一番わかりやすいので、ここではウェルズ／テイラー編集によるオックスフォード版シェイクスピアの「ウィリアム・シェイクスピア／テクスト・コンパニオン」から引用します。[*3] 細部に関しては異論のある方も多いでしょうが、二つの現存するテクストは、おおむねこうした流れをたどって生まれたと結論してよいのではないでしょうか。

シェイクスピアが書いたテクストの系譜

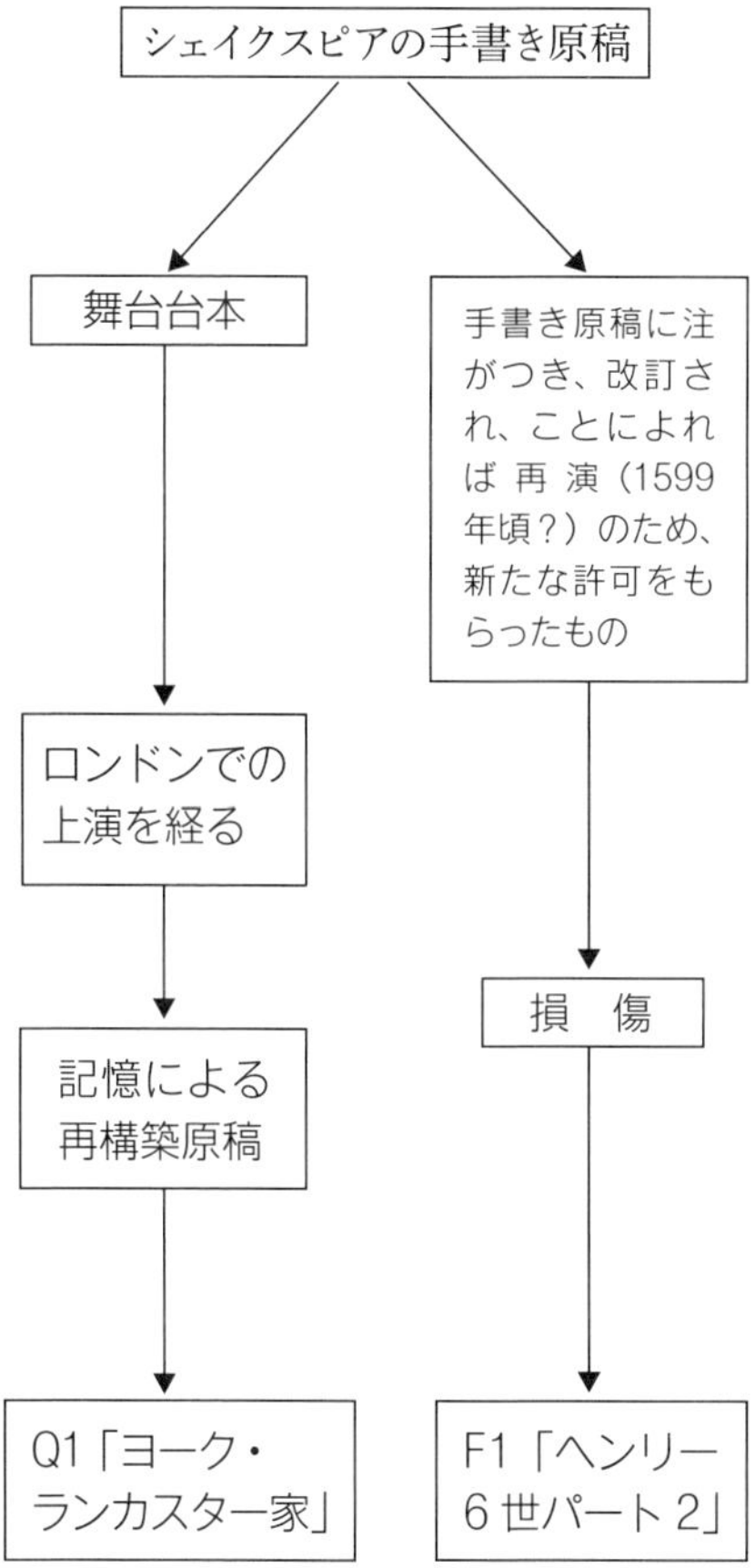

（Taylor/ Wells, *Textual Companion*, 176ページを簡略化）

ちなみに、シェイクスピアの手書き原稿は一つも残っていませんが、「サー・トマス・モア」という未完成に終わった芝居の原稿が残されており、そこに見られる複数の筆跡の一つがシェイクスピアのものだとする説もあります。

また、「ことによれば再演（一五九九年頃?・）」とあるのは、当時新作であった「ヘンリー5世」の上演と抱きあわせる形で、旧作のヘンリー6世3部作がロード・チェンバレンズ・メンによってグローブ座で再演されたという意味です。これは仮説以上のものではありません。

したがって、「ヘンリー6世パート2」は上演に向けて書き直された可能性はありますが、実際に上演された証拠はありません。一方、「ヨーク・ランカスター家」が実際の上演台本として使われたものを土台にしているという事実は、まぎれもありません。これらのことは、二つのテクストを比較する上で忘れてはならないポイントです。

「ヨーク・ランカスター家」と「ヘンリー6世パート2」の比較は、以下のカテゴリーごとに行ないます。

◆ト書き

◆固有名詞、地名などのディテール

◆役者のギャグ、ジョーク、アドリブなど
◆上演時に障害となりうる間違い、首尾一貫性の欠如など
◆台詞、舞台進行などに現われた「劇場性」「舞台意識」の要素
◆「薔薇戦争」のテーマ

ト書き

「ヨーク・ランカスター家」と「ヘンリー6世パート2」を較べてすぐに気づくのは、前者のト書きの量的な豊かさと充実ぶり、それに対する後者のト書きの短さ、そっけなさでしょう。いくつか例を拾ってみます。*4


〈Q1〉

二人の嘆願者、鎧職人のピーター入場（中略）サフォーク公爵と女王入場。公爵をハンフリー公爵と勘違いして、訴状を渡す。

〈F1　1幕3場〉

三人か四人の嘆願者入場。そのうち一人、鎧職人。（中略）サフォーク、女王入場。


まず「ヨーク・ランカスター家」では、徒弟の名前がピーターと名指しされています。さらに

「公爵をハンフリー公爵と勘違いして、訴状を渡す」というト書きは、嘆願する市民が、本来ならグロスター公爵（実の名はハンフリー）に訴状を渡すつもりのところを、間違って政敵であるサフォーク公爵に渡してしまうという状況を説明しています。懇切丁寧なト書きですが、こうした説明調のト書きが必ずしも劇場の台本の名残りであるとは言えません。

実際の台本のト書きは、最低限のことを簡潔に記せばその機能は果たされます。むしろ、こうした手のこんだト書きは、出版を視野に入れた読者への配慮と考えた方が自然かもしれません。

4幕1場、サフォーク公爵殺害の場面の冒頭のト書きも、同じような傾向が見られます。

〈Q1〉

舞台裏で戦闘の合図。大砲が撃たれる、あたかも海戦のように。そして船の船長、副官、副官の同僚、そして変装したサフォーク公爵、その他も一緒に、そしてウオーター・ウィックモー入場。

〈F1　4幕1場〉

戦闘の合図。海戦。大砲が撃たれる。副官、サフォーク、その他入場。

Q1「ヨーク・ランカスター家」のト書きは写実的要素が強く、登場人物の名前まであげていて、非常に丁寧です。一方、F1「ヘンリー6世パート2」のト書きは本当に最小限のことしか言っていません。特に、F1の「その他」は素っ気ないというか、悪く言えば大雑把な印象をぬぐえません。役者がどこで入場するかは、ブック・キーパーにとっては最大の関心事です。一度舞台に上れば、役者は退場のタイミングを自分の勘で見つけられます。

しかし、必要なときに役者が入場しないことには芝居は進行しません。「ヘンリー6世パート2」のト書きは、熟練したブック・キーパーが書いたとは考えにくいものです。この種のおおまかなト書きは劇作家の原稿に特徴的で、大雑把な指示や希望をメモ代わりに書いたものだと通常は考えられています。[*5] のちに、これをもとにしてブック・キーパーが、もっと具体的で現実的なものに差し替えたはずです。

それに較べて、手の込んだ「ヨーク・ランカスター家」のような「描写的」ト書きをどう解釈するかは、人によって判断が異なります。例えば、初期のシェイクスピアは長いト書きを好んで書き、ロード・チェンバレンズ・メンの団員になって気心の知れた役者を信用できるようになってから、短いト書きを書くようになったと考える人もいます。[*6]

しかし、この種の描写的、文学的ト書きは、出版時に読者のために書かれたと筆者は考えます。「ヘンリー6世パート2」のような素っ気ない、事実だけを述べたト書きは、むしろ芝居の台本にふさわしいのではないでしょうか。「ヨーク・ランカスター家」の長いト書きが、ペンブローク・メンの上演台本にあったとは考えにくいでしょう。「変装した、、、サフォーク公爵」というト書きは、上演台本に記されていてもあまり意味を持ちませんが、劇場空間における視覚的情報という特典を持たぬ「読者」の想像力を補足するには効果的です。

「ウオーター・ウィックモー」（*Water Whickmore*）も同じ意味で興味深いものがあります。サフォーク公爵の首をはねて、「サフォークは水で死ぬだろう、水でこの世を去るだろう」という1幕4場での悪魔の予言が正しかったことを証明するのが、ほかでもないこの*Water Whickmore*なのです（F1の*Walter*に対してQ1が*Water*としているのは、Q1の背後にいる役者らのグループが「耳」で聴いた「音のスペリング」の好例で、彼らが文字に頼らず耳と記憶を頼りにテクストを再構築した事実の小さな裏づけの例です）。ト書きに「ウオーター・ウィックモー」の名前があっても観客には何の利益もありません。しかし、「本」の読者のためとなれば事情は一転するのです。

もう一例、同じようなコントラストを示す箇所を引用します。ヨーク公爵がヘンリーに反旗を翻し、ヨークの支持者とヘンリーの支持者が同時に入場する5幕1場の途中です。

〈Q1〉

ヨーク公爵の息子、すなわちマーチ伯爵エドワードと、せむしのリチャードが太鼓と兵卒とともに一方のドアから、他方のドアからクリフォードと息子が太鼓と兵卒とともに入場。クリフォードはヘンリーにひざまずき、話す。

〈F1　5幕1場〉

エドワードとリチャード入場。

（台詞）

クリフォード入場。

Q1は、台本のト書きとして不必要な情報が数多く含まれています。これらを役者たちの記憶による原本への書き足しととるか、出版に向けての編集者の「サービス精神」の発露ととるかは難しい問題です。いずれにせよ、現代のシェイクスピアのエディターの多くが、Q1のト書きを大量に借用していることは事実です。また、「一方のドアから、他方のドアから」という表現はQ1の決まり文句で、対称性を強調したい入場のときに使われる、舞台の構造と視覚的効果を強く意識したフレーズです。

「せむしのリチャード」は特に興味深いものがあります。ヘンリー6世3部作の続編である「リチャード3世」の主人公リチャードの、Q1、F1を通じてのデビューの瞬間です。その描写が彼のトレードマークである身体上の奇形に言及していることは、Q1の編集者たちが彼の肉体的特徴に読者の目を向け、リチャードがこれから「悪党ヒーロー」として成長していくことを展望していたことを物語っています。

F1にもリチャードの奇形に言及した台詞があり（「目障りだ、怒りの塊、薄汚い未消化の肉塊、お前の振る舞いも同じようにねじれ曲がっている」）、F1においてもリチャードを観客もしくは読者に印象づけようとしていることは否めません。

Ｆ１のト書きで致命的なのは、クリフォードの息子に一切触れていないことです。Ｑ１でもＦ１でも、この場面で若いクリフォードとリチャードの言い争いがあり、パート３での二人のライバル関係の伏線となっています。Ｆ１がクリフォードの息子の入場を完全に失念している点に限っていえば、Ｆ１は舞台用の台本として欠陥品と言わざるをえず、熟達したブック・キーパーのチェックを受けずに印刷業者に渡されたと考えてもおかしくありません。

さらに言えば、「ヘンリー６世パート２」はひょっとして一度も上演台本として使われる機会がなかったのかもしれません。そのため、不幸なことに現場でト書きの欠陥を手直しする機会を持たなかったのかもしれません。

こうして見ると、ト書きに関しては一般的にＱ１の方が優れているという結論を下したくなります。確かに「ヨーク・ランカスター家」のト書きは、「ヘンリー６世パート２」に較べて一般的に長く、豊富で、しかも読者や観客にとって役に立つ情報を提供しています。別の言い方をすれば、「ヨーク・ランカスター家」のト書きは非常に「サービス精神」が旺盛で、ときにはこれでもかというほど情報を満載しています。これはＱ１成立の原点が劇場であったことを考えれば納得できます。Ｑ１の文学的、描写的ト書きは、「商業的ト書き」と背中合わせなのです。

一方、劇場の現場から遠いと推定される「ヘンリー６世パート２」は、ある意味でそうした介入による変更から比較的自由であり、シェイクスピアが最初に書いた「原『ヨーク・ランカスター家』『ヘンリー６世パート２』」の痕跡を多く残している可能性が高いと考えられます。例えば、１

幕4場の悪魔を地底から呪文で呼び出すシーンのト書きを較べてみます。


〈Q1〉

魔女は顔を下に這いつくばる。

（台詞）

ボーリンブロークは円を地面に描く。

（台詞）

雷鳴と稲光、すると霊が昇る。

（台詞）

悪魔は再び沈む。


〈F1〉

ここで必要な儀式を行ない、円を描き、ボーリンブロークかサウスウェルがラテン語で「お前を呪文で呼ぶ」などと唱える。恐ろしい雷鳴と稲光、すると霊が昇る。

（台詞）

雷鳴と稲光。霊退場。


一見してわかるように、F1のト書きが一ヶ所に集まっているのに対して、Q1のト書きはアクションの流れの中で、役者が特定の行為を行なうタイミングまで指定しています。「ヘンリー6世パート2」のト書きはシェイクスピアのオリジナルを継承しているという見方は、多く研究者の一致するところです。

F1の「ボーリンブロークかサウスウェル」という表記は、どちらが読むのか決まっていない、あるいはどちらでも構わないという大雑把なト書きの典型で、ブック・キーパーが特定の役者に役を振り当てる前の段階のテクストを反映していると考えてよいでしょう。また、「お前を呪文で呼ぶ」という悪魔を呼ぶときのラテン語の決まり文句は、おそらく役者が手にした巻物などから直接読むという設定なのでしょう。

これらの点から、「ヨーク・ランカスター家」は編集の加わった舞台台本、「ヘンリー6世パート2」はシェイクスピアの手書き原稿に由来していると言ってよいと思われます。

もう一つ、興味深いディテールの違いがあります。それは、F1の「霊退場」に対するQ1の「悪魔は再び沈む」です。エリザベス朝時代、ロンドンの常設劇場の舞台には、床下から役者が突如登場するための「奈落」「せりだし」がありました。歌舞伎にも同じようなものがあるので、日本人にはお馴染みです。悪魔はこの奈落から現われ、文字通り「再び沈んでいく」わけです。誰が書いたにせよ（それが多分シェイクスピアではなかったにせよ）、Q1の背後にいる人々が、舞台のメカニズムに詳しい者だったことがわかります。

ここまでのト書きの比較から、「ヨーク・ランカスター家」のト書きは劇場からの出自性を強く示唆するものが多く、一方の「ヘンリー6世パート2」のト書きにはそうした要素が希薄であることがわかります。それゆえに、「ヘンリー6世パート2」については、シェイクスピアが最初に書いたものとの近似性を示唆していると言えそうです。

この推論をさらに強固なものにする例を、別の角度から検証してみましょう。

2幕3場Q1で、入場の際に「国王ヘンリーと女王入場（中略）ヨーク公爵、ソルズベリー伯爵とワリック伯爵続いて入場」（傍点は筆者による）というト書きがあります。この「続いて入場」（enter to them）という表現は、いわゆる「プロット」によく使われる定形句です。

「プロット」とは、ブック・キーパーが芝居の簡単な流れと役者の入退場のキューを一枚の大きめの紙にまとめて楽屋の壁に貼ったもののことで、エリザベス朝の劇場における慣習でした。上演の際は、役者がそれをみて自分の舞台に入るタイミングを確認しました（現代の小説などで筋書きの意味で使われる、「プロット」という言葉の語源がこれです）。

その「プロット」のト書きでは、舞台上にすでに役者がいて、そこに新たな役者の入場がある場合、前出のenter to themのフレーズが用いられました。この「プロット」特有の言い回しがQ1のト書きにまぎれこんでいるということは、Q1の背後にいる役者および裏方が実際に見た「プロット」の特徴を、期せずして台本に書き込んだものと考えられます。Q1「ヨーク・ランカスター家」は、まさに「楽屋から生まれた」側面を持つのです。

先に、ト書きの一番大事な機能は入退場を指定することだと述べましたが、入場はさせたものの退場のタイミングを与えていないト書きがときおり存在します。これも、台本と現実の劇場との距離を物語る材料となりますが、この種のト書きの不備はF1の方にかなりの割合で見受けられます。

例をあげます。3幕1場で、実際には罪のないグロスター公爵が、国王に対する陰謀に関わったと弾劾されます。叔父グロスターに同情するヘンリーは、悲しみのあまり途中退場します。Q1では、同時にソルズベリーとワリック父子が王とともに退出します。

一方、F1ではヘンリーは一人で退場しますが、これは劇の流れとして非常に問題があります。というのも、ソルズベリーとワリックはグロスターの擁護者であり、グロスターへの集中攻撃のあいだも沈黙を守り、悲憤のあまり退場するヘンリーと行動をともにすることはごく自然です。それまでの無言の抵抗を行動で示す、よい機会です。

さらにここで二人が退場することによって、舞台に残されたマーガレット、サフォーク、枢機卿がグロスター殺害を謀略する談義に彼らが立ち会わないですみ、のちに殺人罪でサフォークを追いつめる役を二人が担うことになる展開がきわめて自然なものになります。

ところがF1では、二人の退場がどこにも指定されていないことから、実際にはありえないのですが、この場面で二人は終始、台詞なしの「黙り役」に徹することになります。そのため、彼らの沈黙は何ら劇的な意味を与えられず、しかもグロスター殺害を密約する場に居合わせるという奇妙な状況が生じてしまいます。これはF１を準備した誰かが、単純に「ソルズベリー、ワリック退場」のト書きを入れ忘れたと考えるべきでしょう。

とはいえ、上演台本としてこの欠落は致命的です。ブック・キーパーの手によってリハーサル時、遅くとも印刷業者に渡す前には校正できたはずです。この修正が行なわれなかったということは、F１を出版した一六二三年の段階で、「ヘンリー６世パート２」上演時の記憶をとどめている人物が、ロード・チェンバレンズ・メンの中に誰もいなかったと考えられます。他劇団が初演してから三十年も経っている芝居の細部ですから、覚えていなくても責めることはできません。

またF１の３幕２場で、次の３場で死の床にあるはずの枢機卿の退場するタイミングがまったく指定されていないのも（Q１は指定しています）、同様の事情によるものでしょう。F１のト書きに忠実に従えば、枢機卿は場の最後まで残って退場し、場が変わるやもうベッドで苦しげに喘いでいなくてはなりません。当然、現代のエディターはQ１のタイミングで枢機卿に退場の機会を与えています。その枢機卿の死の場面、３幕３場の冒頭のト書きは次の通りです。

〈Q１〉

国王とソルズベリー入場、カーテンが引かれ、ベッドの枢機卿が現われる（is discovered）。

〈F１〉

狂ったかのように錯乱状態。

国王、ソルズベリー、ワリック入場。ベッドの枢機卿に向かう。

Q1のト書きでは、グロスター殺害の場面と同様に舞台上手奥の、普段カーテンで隠されているいわゆる「隠れ空間」(discovery space, inner stage) が使われていることは明らかです。しかしF1のト書きでは、どうやって枢機卿がベッドの上に寝たまま「現われる」のか皆目わかりません。現代のエディターのほとんどが、何らかの形でQ1のト書きを用いています。

固有名詞、地名など

「ヨーク・ランカスター家」は、「ヘンリー6世パート2」に較べて具体的な人名、地名などが多く使われています。逆のケース、つまり「ヘンリー6世パート2」の方が「ヨーク・ランカスター家」より具体的な地名を使っているのは、私が見つけることのできた範囲では、4幕8場のジャック・ケイドの台詞「フィッシュ・ストリートだ、セント・マグネス・コーナーだ」くらいです。これに対して、「ヨーク・ランカスター家」のケイドの反乱の場面では、地名に対して固執している気配が感じられます。

〈4幕2場〉

ジョージ　もっと大勢の連中が来てる、ロチェスター、メイドストーン、それからカンタベリーからも。

〈4幕7場〉

ケイド　奴をチープサイドの旗に連れていって首をちょん切れ、それでマイルエンドグリーンへ行け。

ロビン　大将、ロンドン・ブリッジが燃えてまさあ。

ケイド　ビリングズゲイトまで一走りしな、タールと麻布をとって来ておっ消すのよ。

ロチェスター、メイドストーン、カンタベリーは、いずれもケントの都市です。ホールやホリンシェッドの年代記によれば、ケイドの暴動はケントの農民・市民が行なった政府に対する抗議の直訴に端を発しており、それがケイドの先導の下で暴徒化したものです。ロンドン市民にとって近隣のケントにあるこれらの町の名は、馴染み深いものであったはずです。4幕7場で使われるロンドンの地名は、暴徒の破壊・略奪行為に現実味を与える上で効果的だったことでしょう。同時に、これらイングランド南東部の町は交通の便がよく、旅の役者が立ち寄る機会も多かったところで、役者にとっても馴染み深い場所だったでしょう。

「ヨーク・ランカスター家」の人名に対する固執も見逃せないポイントです。例えば、F1の1幕2場「狡猾な魔女マージェリー・ジャーデイン」に対して、Q1では「エリー（*Ely*）の狡猾な魔女マージェリー・ジャーデイン」と表記されています。ホールはこの魔女を、「アイ（*Eye*）の魔女」と紹介しています。ちなみに「ヨーク・ランカスター家」のQ3（一六一九年）では、「ライ」（*Rye*）となっています。

一般的には、ホールの*Eye*が誤って複数のQ版に*Ely*や*Rye*と印刷されたものと解釈されており、その場合は単なる植字工のエラーということになります。オックスフォード・シェイクスピア「ヘンリー6世パート2」のエディターは、「エリー」は「ヘンリー6世パート2のオリジナル」につけ加えられたのではなく、シェイクスピア自らが最初に書いた土地名であり、のちの改訂時に削除した可能性もあると言及しています。*7

ことの真相は憶測の域を出ませんが、シェイクスピアの原稿に土地の名が入っていた可能性があることは否定できません。Q3の「ライ」という町は一五九三年にペンブロークス・メンが、一五九七年にはロード・チェンバレンズ・メンが、それぞれ地方巡業の折に公演を行なっています。もし、Q3の「ライ」がローカル色を出すために使われたのなら、Q1の「エリー」にも同じことが言えるのではないでしょうか。

オックスフォード・シェイクスピアのエディターは、「アイ」は「沼地の島あるいは乾いた土地」を意味し、Q1の「エリー」（*Ely = eel island*）はこの意味を込めたシェイクスピア自身の手になるもの、という仮説を立てています。

誤植なのか、「沼地の島あるいは乾いた土地」なのか――。いずれの説をとるにせよ、Q1では魔女の名前にローカル色を加えることで、より響きのいい通俗性のあるもの（「エドモントンの魔女」「ウェイクフィールドのピン職人」「ブリストーの麗しき乙女」など、この種の芝居のタイトルは多い）に仕立てようとしたことだけは確かでしょう。

「ヨーク・ランカスター家」における人名の問題を、もう一つだけとり上げます。3幕1場で、メッセンジャーのもたらすアイルランドでの反乱勃発のニュースは、二つのテクストでそれぞれ次のように伝えられます。

〈F1〉

皆様、アイルランドから急ぎ参りました。反乱が勃発し、イギリス人が殺戮されています。

〈Q1〉

マダム、アイルランドからお知らせです。蛮族のオニールがアイルランドの豪族と兵を起こしました。止めるものとてなく、イギリス領地を占領しています。

Q1のパッセージがマーローの「エドワード2世」と酷似している点は、ここでの関心事ではないので触れません。*8 タイロン伯爵ヒュー・オニールは、幽閉されていたイングランドから一五九一年に脱出し、以後、反イングランド勢力のリーダーとして一六〇三年まで何度も反乱を企てました。「ヘンリー6世パート2」の執筆および出版時期を考えると、「ヨーク・ランカスター家」に彼への言及があり、「ヘンリー6世パート2」にそれがないのはごく自然なことでしょう。のちの検閲で政治的配慮から削除を強制されたのかもしれませんし、シェイクスピア自身が改訂の折、時事的価値を失ったことを理由にとり去ったのかもしれません。*9

おそらく「ヨーク・ランカスター家」の製作グループが、一五九四年当時のトピカルな話題を挿入することで本の価値を高めようとしたのでしょう。あるいは、出版者の知恵だったのかもしれません。いずれにせよ、Q1に登場する「蛮族のオニール」には、アイルランドの政治状況に対する観客の関心をくすぐろうとする「商魂」のようなものを感じます。それは、「ヨーク・ランカスター家」のト書きにも見られる旺盛な「サービス精神」と同類のものです。

役者のギャグ、ジョーク、アドリブなど

「ヨーク・ランカスター家」のリポーターたちが役者や劇団のメンバーであったことを考えれば、テクストを再構築する過程で彼らなりに芝居を面白くしようと勝手にアドリブ的要素を挿入したとしても、彼らを責められないでしょう。むしろ、ある種の無軌道性や奔放さこそが、「ヨーク・ランカスター家」の魅力の一つになっているといっても過言ではありません。

1幕1場、「ヘンリー6世パート2」では「ナポリ王レニエの娘マーガレット」と表記しているのに対し、「ヨーク・ランカスター家」では「ナポリ王ルナール（英語読み「レナード」）の娘レイディー・マーガレット」と表記しています。「ルナール」は現代のフランス人名Reneに当たります。

Q1のレポーターたちはあえて、民間伝承や笑話に登場する狡猾な狐の名前「ルナール」を使っており、明らかに耳で聞いた記憶から生まれたジョークと考えられます。「狐のルナール」は、チョーサーの「カンタベリー物語」にも現われますが、もともとはフランスの寓話に登場するキャラクターです。「王」とはいえ貧しく、娘の持参金さえ払えないにもかかわらず、マーガレットをイングランド王妃として嫁がせるのに成功したナポリ王の計算高さを、民間に浸透している寓話の動物に託して皮肉っているわけです。

ところが、まずいことに「ルナール」の言葉が現われるのは外交文書の中で、宮廷全員の前で読まれてしまうのです。この不具合は、こうした風刺を試みたのがシェイクスピアではないことを示唆しています。いやしくも二国間の公式文書に、「悪知恵狐のルナール」を彷彿させる名前を登場させたのは、外交プロトコールにまったく無知な、また関心もまったくない役者たちの遊び心のほかにありえません。

キャラクターの名前の代わりに、役者の実名がテクストに現われることもしばしばあります。「ヘンリー6世パート2」2幕3場のピーターと親方ホーナーの「決闘」シーンにおいて、ホーナーは「だから、一発ガツンとお見舞いするぞ、ピーター」と言って闘います。一方、「ヨーク・ランカスター家」ではこれに続けて、「サウスハンプトンのベヴィスがアスカパーに襲いかかったように」という台詞をつけ加えています。この出典は中世ロマンス「ハンプトンのサー・ベヴィス」で、アスカパーという名の竜退治に言及したものです。

これが単に、民衆に人気のあった物語のヒーローを引用しただけにとどまらないのは、「ベヴィス」という名が役者の名前と考えられるからです。「ヘンリー6世パート2」4幕2場のト書きは、ジャック・ケイドの手下である二人のキャラクターを「ベヴィスとジョン・ホランド」と指定しています。このベヴィスを巡る論議は今なお結論が出るに至っていませんが、ペンブロークス・メンの団員であったと考えるのが最も妥当で、「ヨーク・ランカスター家」の上演に参加していたと考えられます。[*10] これについては五章でもっと詳しく述べます。

ベヴィスという役者が、Q1のリポーターの中に入っていたかは不明です。しかし、Q1における「サウスハンプトンのベヴィス」のジョークは役者仲間の内輪受けをねらったジョークであり、それが「原ヘンリー6世パート2」の記憶による再構築の際、テクストに挿入されたと推定するのが最も自然です。

ベヴィスの名前がQ1だけでなくF1にも現われている事実は、Q1とF1の背後にある「原・ヘンリー6世パート2&ヨーク・ランカスター家」の上演に、ベヴィスがペンブロークス・メンあるいはそれ以前のストレンジズ・メンの団員として関わったことを示唆しています。

同じような仲間内のギャグと思えるのが、4幕7場のラテン語の引用句を巡って暴徒同士が交わす会話です。F1では、ジャック・ケイドに捕えられたセイ卿はケントの暴徒を前に「よい土地、悪い人間」(bona terra, mala gens) というラテン語の台詞を吐きます。これに対してケイドは、「引っ立てろ、引っ立てろ、ラテン語なんぞしゃべりやがった」と一蹴します。

ところがQ1では、この部分をギャグに仕立てています。

セイ　　ボナ・テラ、それだけだ。
ケイド　ボヌム・テルム、なんのたわごとだ？
ディック　フランス語だ。
ウィル　いいや、オランダ語だ。
ニック　いや、アタリア語だ、おりゃ、よーく知ってる。

このギャグはお世辞にも、あまり切れがよいとはいいがたいものですが、いかにもラテン語が皆目わからない連中の言いそうなギャグです。そもそも外国語をジョークの種に仕立てることは古来から喜劇作者のお得意で、シェイクスピア自身もたびたびやっています。

しかしこのジョークには、当の外国語を理解した上での知的ゲームの要素がありません。セイ卿のラテン語の引用を脚本に再現しようとしてすったもんだしたあげく、前半だけやっと思い出し、その思い出せないもどかしさをそのままジョークの種にして笑い飛ばすあたり、役者たちの現場での「悪のり」ぶりがよく伝わってきます（ちなみに「ヘンリー6世パート2」が各種ラテン語句を盛んに引用しているのに対して、「ヨーク・ランカスター家」はことごとくそれをカットしています）。

「悪のり」というと聞こえは悪いかもしれません。しかし、そうしたアドリブ要素の強い自然発生的なギャグが、舞台ではよく受けるというのは古今東西変りません。特にセックスに関するジョークがそうです。同じ4幕7場の「ヨーク・ランカスター家」には、次のようなやりとりがあります。

ニック　でも、いつになったらあんたが言っていたご利益とやらを頂けるんだい。
ケイド　そりゃな、元気におっ立つ奴あ俺と一緒に行くんだ、でな、このご利益を頂くんだよ。一つ、ガウン。一つ、スカート。一つ、ペチコート。一つ、襦袢。

「ヘンリー6世パート2」でこれに当たる部分は、次のようになっています。

ディック　閣下、いつになったらチープサイドに行って、こん棒でご利益をつきまくるんですかい。
ケイド　じきだよ、じき。
全員　おう、そうこなくちゃ。

このように比較的あっさりとしていることからも、おそらくF1がオリジナルに近く、Q1は役者たちによる書き足しでしょう。

さらに、Q1のリポーターたちはオリジナルにはない、従ってF1にはないセクシュアルな挿話を新しく作ることまでしています。「ディックと警官入場」というト書きで始まる、十五行あまりのQ1のエピソードがそれです。ケイドの配下のディック（Dick は昔から男根のスラング）に妻をレイプされたと訴える警官が、反対にケイドによってしょっぴかれるという、庶民受けすること請け合いの話です。性行為を「奴のかみさんのオウチに訴訟状をねじこんだのよ」という法律用語にからませて卑猥化する方法といい、反権力の衝動を小官憲のいたぶりで満足させようとする明らかな「客向け」の演出といい、前出のQ1に見られた「サービス精神」の発露の一例でしょう。

首尾一貫性の欠陥、食い違いなど

言説や事実の誤認は劇の脚本にはつきもので、その犯人は作者であったり、オリジナル原稿を清書した筆写人、ブック・キーパー、あるいは印刷業者であったりと場合によって異なります。小さなテクスト上の食い違いならば、上演時も特に気づかれずに済みますが、場合によっては大きな障害となりえます。特に「本」となった場合、読者が文字として読んでしまうとその欠陥は際立ってしまいます。

例えば、1幕1場でグロスターが読む、イングランド王（実際にはその代理のサフォーク公爵）とフランス王シャルルの間で結ばれた協定の文面がそれにあたります。イングランド領土だったメーヌ地方とアンジュ地方が、マーガレットとの婚姻の対価としてフランス王に割譲されるという内容にショックを隠せないグロスターは、途中で紙を落としてしまい先を続けられません。代わりに枢機卿が、途中から最後まで文書を読みきります。同じ文書を読んでいるわけですから、グロスターの読んだ部分と枢機卿の読んだ部分は正確に一致していなければなりません。Q1ではこれが実行されています。

しかし、F1では大きな不一致が発生しています。グロスターが「一つ、アンジュ公爵領地とメーヌ男爵領地は、父である国王に譲渡され、付与される」と読むのに対し、枢機卿は「一つ、さらに両者のあいだで同意された通り、アンジュ公爵領地とメーヌ領地は、父である国王に譲渡され、付与される」と読みます。枢機卿は文書をパラフレイズした上で大意を述べているとして、この食い違いを問題にしない編者もいます。*11

しかし、「作者が書いた通りに」がセールス・ポイントのはずのF1が、文面の一致という点を完全に看過しているのに対して、記憶を頼りにテクストを再現した役者のグループが、文書の二回の読み上げというポイントをしっかりおさえている事実は、意外の感をぬぐえません。可能性として、枢機卿かグロスターを演じた役者がプロジェクトに加わっていてその記憶が確かだったか、彼の「パート」の台詞が手元に残っていた可能性も否定できません。

一方、「ヘンリー6世パート2」のテクストは劇場の上演で試されたことがないので、この食い違いを正す機会に恵まれず、三十年以上「お蔵入り」したあと出版のために突然陽の目を見て、校正もそこそこに印刷にまわされたのではないかと推測できます。

もし一五九八〜九九年にヘンリー6世3部作の再演があったとしたら、このときに不一致は訂正されたはずなので、「再演」というシナリオ自体が誤っているのかもしれません。いずれにせよ、「ヘンリー6世パート2」におけるこの種の誤認は、このテクストが基本的に上演台本ではないこと、そして芝居の内容をしっかり把握している者による最終的な校正を経ていないことを物語っています。

同じような不都合は、「ヘンリー6世パート2」の1幕3場でも起こります。マーガレットとサフォークが、グロスターと妻エレノーを排除する手段を画策したあと、「退場」の指示があります。舞台に誰もいなくなるとそこで「場」の転換があり、次は新しい場が始まるというのがエリザベス朝演劇の約束事です。

この直後、ヘンリーに従って重臣たちが入場し、次期フランス摂政の指名をめぐって口論が起きます。問題はそこに、サフォークが積極的に参加していることです。F1のト書きは明らかに間違っているのです。その点、Q1では国王入場の直前に「しかしお待ちを、マダム、国王がいらっしゃいました」というサフォークの台詞があり、サフォークが舞台にとどまることでアクションが連続していることを保証しています。

現代の「ヘンリー6世パート2」の版で、F1の場の転換を採用しているものは一つもなく、すべてQ1の流れに従っています。仮にQ1が存在しなくとも、食い違いは明らかなので、F1のト書きは当然無視されるわけです。問題となったF1のト書きは、おそらく原稿の中の混乱や印刷現場での単純な間違いが訂正されずに残ったものでしょう。その間違いがシェイクスピアの手書き原稿まで遡るかは、現時点で知る由もありません。

また、Q1の「しかしお待ちを、マダム、国王がいらっしゃいました」は、王の入場を促す舞台のキューとしては格好のものです。もしこの一行がなかったら、入場する役者たちはマーガレットとサフォークのやりとりの特定の台詞をキューとして覚えなければならなかったはずです。「ヨーク・ランカスター家」のキューはこうした役者の負担を軽減するもので、実際の舞台における入場のタイミングの重要性を熟知した者が書いたに違いありません。

その反対に「ヘンリー6世パート2」は、テクスト通りに舞台でやったらとんでもないことになるという、肌身にしみる実際の舞台での経験を経ていない、つまりは一冊の「本」に過ぎないのです。

「ヘンリー6世パート2」は時々、考えられないような間違いを犯します。3幕2場、グロスターの死の知らせが届いてヘンリーが気を失った直後、この劇で一番長い台詞をマーガレットがしゃべります。その中で彼女は、繰り返し自分のことを「エレノー」と呼びますが、「エレノー」はマーガレットの「宿敵」であるグロスター公爵夫人の名なのです。しかし、全体で七行しかないQ1でのマーガレットの短い台詞には、自分を呼ぶ言葉は入っていません。

Q1の七行は、F1におけるマーガレットの長い台詞の冒頭一五行あまりをパラフレーズしたものです。しかし、それ以降の三五行あまりの台詞はF1独自のもので、そのエコーはQ1にまったくありません。Q1がF1のその部分を完全にカットしたか、あるいはF1のこの部分が「原ヘンリー6世パート2」になく、完全にゼロから書き足され、あとでつけ加えられたかのいずれかでしょう。

結果として、一五九〇年代のエリザベス朝演劇の常識を超える、五〇行を越える長台詞ができてしまいました。この長い台詞はいかにも冗長で、現代における上演では大幅にカットされることも少なくありません。そのまま残された場合も演出上の扱いが難しく、いかに処理しても観客に違和感を与えてしまう厄介な台詞なのです。[*12] この長台詞の説明として、当時の劇団に図抜けて演技力のある少年役者がたまたまいたことから、その男の子のための「見せ場」として書かれたという説があり、これはなかなか魅力的です。[*13]

いずれにせよ、F1におけるマーガレットの台詞のほとんどは、「原ヘンリー6世パート2」が書かれたずっとあとに、マーガレットと言うべきところをエレノーと書いて違和感を覚えなかった人物（シェイクスピア自身、もしくはほかの劇作家だったかもしれません）によって書き足されたものだと考えられます。シェイクスピア自身の筆によるなら、再演に向けて旧作の細部の記憶がすでに希薄になった頃、Q1に近いオリジナルを膨らませる形で書いたのでしょう。

いずれにせよ、Q1こそ「オリジナル」の形をより色濃くとどめており、舞台で一度も試されることなく出版まで眠っていたF1における五〇行の長台詞は、結果として修正やカットをされることなく残り、「読者」を視野においた文学性の高い台詞として陽の目を見たと推定されます。事実、「黙読する台詞」として見ると、F1のマーガレットの台詞は修辞的に巧みな工夫が施されており、それなりに読み応えがあります。

一方の「ヨーク・ランカスター家」も、事実誤認や歴史的事実との食い違いの例には事欠きません。一番顕著なのが2幕2場でヨークの述べる、彼が英国王となる資格の裏づけとなった家系図です。エドワード3世がもうけた七人の息子以降を示すプランタジネットの家系で、議論の的は誰が最もエドワードの血を直系として受け継いでいるかにありますが、これについてのヨークの主張を「ヘンリー6世パート2」では年代記に基づいて正しく説明しています（123ページ上図参照）。

ヨークの言わんとするところは、ランカスター家のヘンリー6世がエドワード3世の第四嫡子からの血筋であるのに対して、自分は第三子であるクラレンス公爵ライオネルの血筋を引いている、つまりより正当性があるということです。家系図の上から見れば、母方からとはいえ一応、ヨークによる王権継承の序列の主張には破綻がありません。

一方、「ヨーク・ランカスター家」では、ヨークの主張は123ページ下図のようになっています。家系図の中で「エレノー(?)」とあるのは、Q1ではヨークの父親が結婚したのが三人の女性のうちの誰なのかを曖昧にしているからです（「(略）そしてアリス、アン、エレノーを遺し、彼女

〈「ヘンリー６世パート２」のプランタジネット家系図〉

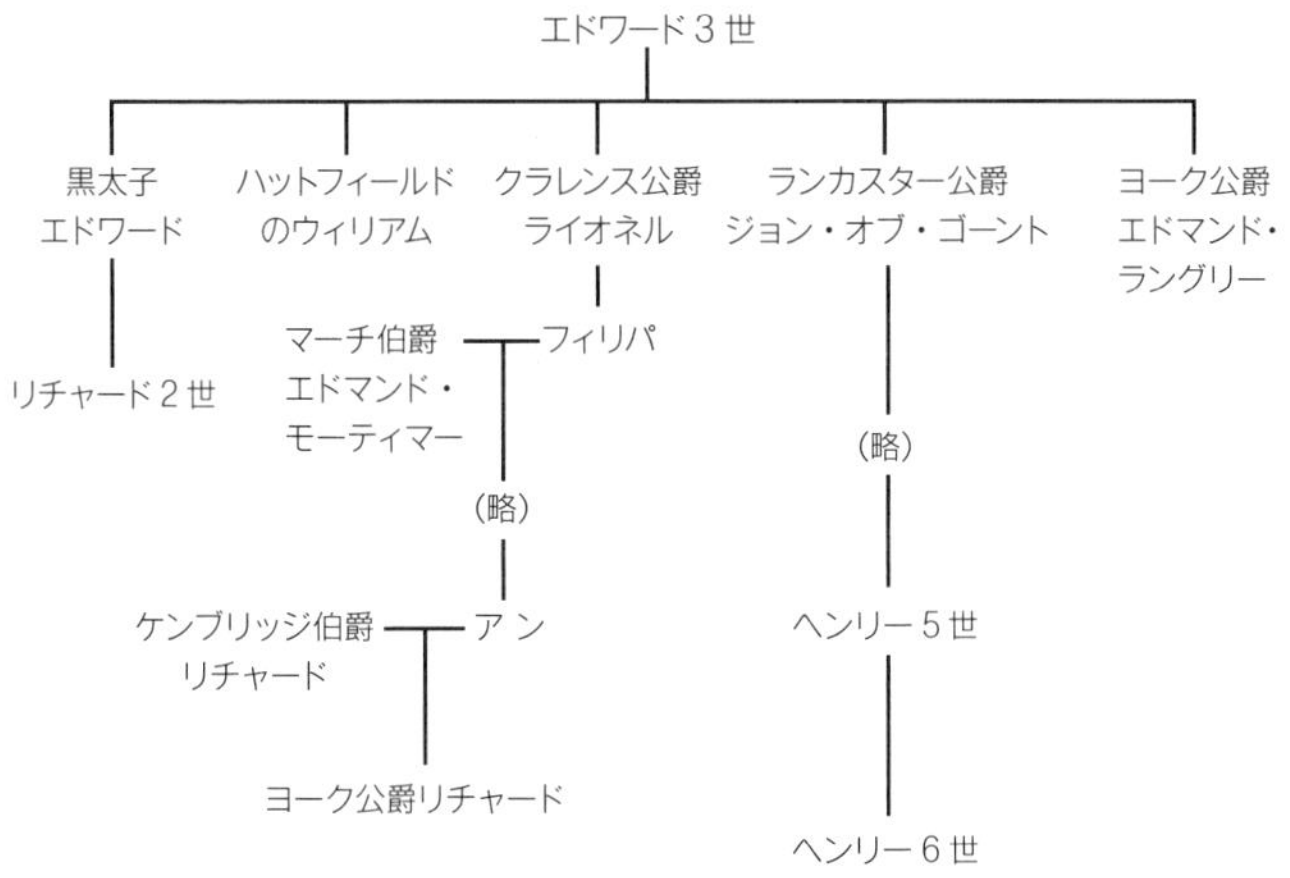

〈「ヨーク・ランカスター家」のプランタジネット家系図〉

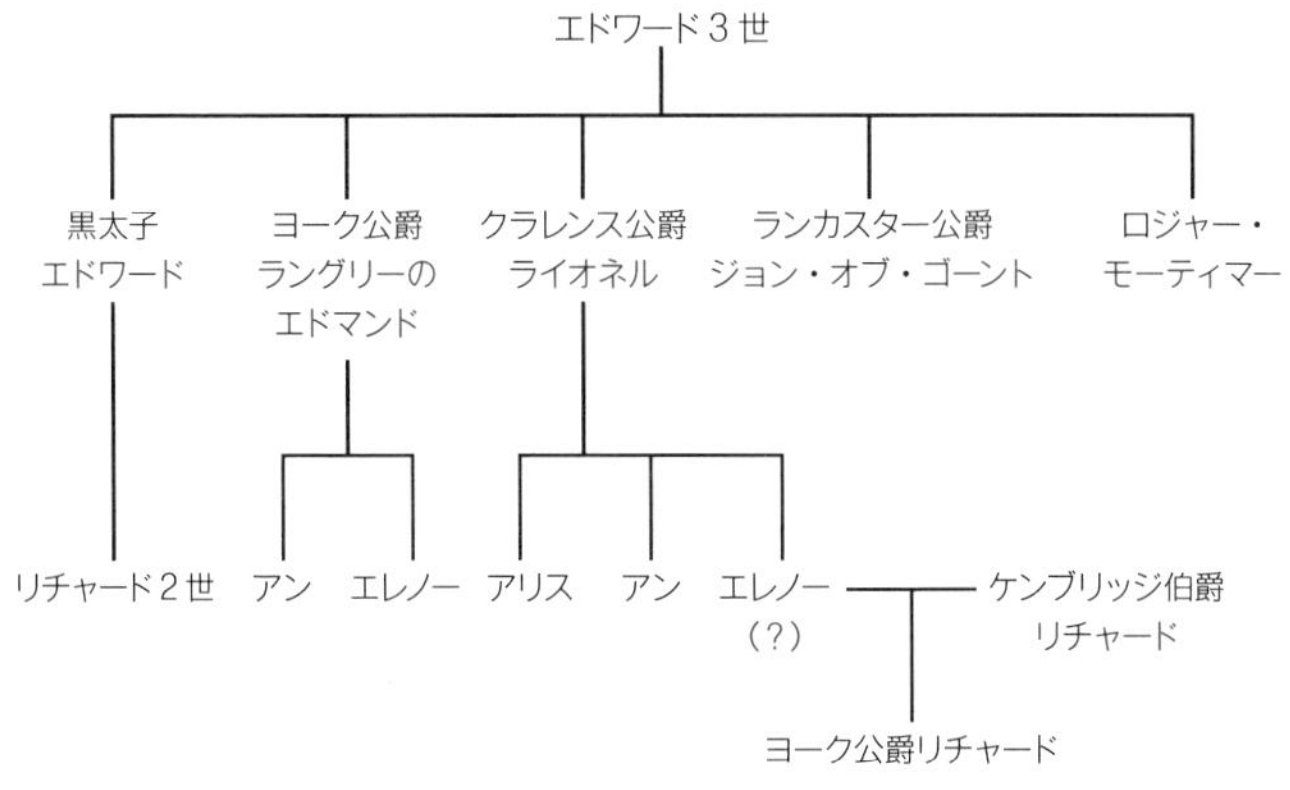

がのち父と結婚した」)。Q1の家系図の細部は、史実にまったく反するフィクションであり、「ヨーク・ランカスター家」の「記憶による再構築」説が最初に提示された際、最大の根拠となった箇所です。*14

ヨーク公爵ラングリーのエドマンドがエドワード3世の第二嫡子なら、第三子であるライオネルの女系の血筋から継承権を主張することはまったく無意味です。ヨーク公爵の父ケンブリッジ伯爵リチャードは、ヨーク公爵ラングリーのエドマンドの息子だからです。Q1のリポーターたちがオリジナルの家系を正確に再現することは至難の業で、当然「ぼろがでる」ことは承知の上だったでしょう。この点で、F1がテクストとしてより信頼性が高いのは疑いの余地がありません。

F1におけるヨークのスピーチは約三五〇語、一方のQ1は約三〇〇語なので、長い家系図の暗唱につきあわなくてはならない観客の負担は、両者とも大差はありません。劇の進行をスピードアップさせるQ1の傾向は、ここではさして効果を上げていないといえます。

ただ、観客や読者にとって「史実」があまり意味を持たないことも確かでしょう。Q1の「フィクション」もF1の「史実」も、肝心の聴き手であるソルズベリーとワリックを納得させるという点では、ともに目的を達しているのですから。

台詞、舞台進行に表われた「劇場性」

ト書きや台詞の一部などに見られる「ヘンリー6世パート2」の不備は、「ヨーク・ランカスター家」を用いて修正、改良することが可能です。事実、現代における「ヘンリー6世パート2」のすべての版が、それを実行しています。

しかし、ことが舞台進行の過程や順番といった「ステージング」になると、それができない場合もあります。変更があまりにも大規模になって、それこそ芝居の性格を変えてしまう恐れがあるからです。

1幕3場の例を見てみましょう。Q1の場合、この場は「国王ヘンリー入場。ヨーク公爵とサマセット公爵、国王の両側で耳元にささやいている」というト書きで始まります。従って舞台進行の順は、「ヨークの支持者とサマセットの支持者の言い争い」→「ピーターと親方の争い」→「グロスターの退場」→「マーガレットがエレノーを叩く」→「グロスター再び入場」となります。

一方のF1では、「グロスターに対する重臣たちの個人攻撃」→「グロスター退場」→「マーガレットがエレノーを叩く」→「グロスター再び入場」→「ピーターと親方の争い」となっています。

このようにQ1では場の冒頭のト書きを受けて、最初から自然とヨーク家とランカスター家の対立という図式がドラマ化されています。

この「薔薇戦争」のモチーフは、F1の場面には一切ありません。F1では、グロスターへの集中攻撃が自然と彼の退場につながり、幸いにもグロスターは妻がマーガレットに叩かれるという屈辱的な場面を目の当たりにすることを免れます。

ところが、Q1のグロスターは退場の機会を失い、妻が屈辱を受ける直前に理由もなく「ハンフリー退場」のト書きで退場しますが、これはいかにも不自然です。おそらくF1は、「原ヘンリー6世パート2」の舞台進行の順を保っていて、Q1の方は「薔薇戦争」のテーマを前面に押し出すために、事件が進行する順番を入れ替えたと考えるのが妥当でしょう。

多くの現代のエディターは、「ヨークとサマセットが王の左右の耳元でささやきながら入場」という絵画的、寓意的に印象の残るQ1の構図をとり入れていますが、Q1の舞台進行に全面変更することまでは当然行なっていません。

次に1幕4場を見てみましょう。これは、呪文で悪魔を地下の世界から呼ぶシーンです。舞台の仕掛けをフルに使い、この芝居に「ブラック・マジックもの」の性格を与えています。おそらくロンドン公演では、芝居の「目玉」になったことでしょう。

どちらが観客に受けるか、どちらが「マジックもの」として迫真的かといえば、Q1に軍配が上がりそうです。「ブラック・マジック」的な禍々しい要素は、台詞の量だけでいうとF1ではボーリンブロークによるわずか八行の呪文に限られ、物足りません。

Q1はマーローの「ファウスト博士」から「この円い地球の腑」のフレーズを借用し、さらには「タマール・チャム・パート1」という芝居（アドミラルズ・メンと合体していた頃のストレンジズ・メンのレパートリーにあったと推測される）から悪魔の名前「アスカロン」までを動員して、まさに大盤振る舞いです。おまけにボーリンブロークの呪文の中には、普段Q1では意識的にカットされているギリシャ・ローマ神話からの引用がふんだんに用いられています。珍しいことです。

さらに、F1には不自然なやりとりがあります。魔女のジョーデインは最初、現われた悪魔に対して「訊くことに答えよ」と言い、悪魔も「好きなことを訊け」と答えているにもかかわらず、実際に悪魔へ質問を投げかけるのはボーリンブロークです。Q1では悪魔自身が「さてボーリンブローク、私に何をさせたいのだ」と尋ねるので、自然とボーリンブロークが質問者の役を担うことになります。

F1での魔女の存在は非常に希薄ですが、Q1では魔女がボーリンブロークに儀式を始めるよう促すなど、彼女自身の役割も明確で生々しいものになっています(「私が顔を下に大地にひれ伏しているあいだ、地底の悪魔にささやき、話しかけるのだ」)。儀式は「ヨーク・ランカスター家」「ヘンリー6世パート2」のいずれでも中断され、魔女たちはヨークらによって捕えられます。F1ではそのあと、悪魔が語った予言をヨークがその場で読み上げますが、これは直前に悪魔が言ったことを繰り返すだけなので、はなはだ非効率的でドラマの要素に欠けます。

一方、Q1ではこの予言の朗読を、次のセント・オルバンズでの鷹狩りの場まで先延ばしにして、死の予言を言い渡される当のヘンリーとサフォークの面前で読まれるよう仕組んでいます。*15 これはたいへんドラマチックな変更で、明らかにF1より優れていますが、これを採用している現在のエディターはいません。あくまでもF1が基本テクストという立場からすると当然の判断なのですが、少し残念にも思えます。

「ヨーク・ランカスター家」は、「原ヘンリー6世パート2」のかなりのシーンをカットすることで芝居全体を短くし、スピードアップを図っています。「ヘンリー6世パート2」が三四六六行であるのに対して、「ヨーク・ランカスター家」は二二三三行です。[*16] 一五九〇年代の芝居における平均的行数（短いもので一五〇〇行、最も長いものでまれに三〇〇〇行）に較べて、シェイクスピアのヘンリー6世3部作と「リチャード3世」の各芝居の長さは図抜けています。

これが、エリザベス朝劇の通常の長さとされる二時間（「ロミオとジュリエット」に出てくる two hours' traffic の言葉から一般化した数字）に収まりきらないことは確実で、今日と同様に何らかのカットが施されたと考える方が自然でしょう。

このようなシーンのカットは、芝居のスピードアップに欠かせませんが、同時に多大の犠牲を強いるものでもあります。

例えば3幕1場で独り舞台に残されたヨークは、F1で五〇行以上の独白を与えられています。彼が抱く王冠への野心という炎の強烈さを物語ると同時に、アイルランド遠征の折にスパイとして使ったジャック・ケイドを反乱の先導者に仕立て上げ、ヨーク家に対する民衆の支持を観測しようという計画を披露します。

Q1は最低限の情報を伝えることに専念して、この独白を半分の長さに削っています。確かに、F1の五〇行に及ぶ長い台詞が本当に必要なのかは、判断の分かれるところでしょう。しかし、

「春の雨脚より速く思いは思いを呼び、すべての思いは王の位へと駆ける」という台詞をカットすることにためらいを感じない人はいないと思います。
ヨークの独白は、「にわか雨／嵐／スコール」という同類のイメージのネットワークを張り巡らし、修辞的に綿密に書き込まれたもので、ただ長いという理由だけで削除できる類のものではありません。
Ｑ１でカットされた一番残念なくだりは、アイルランドで戦闘中のジャック・ケイドが見せる蛮勇さの生き生きとした描写です。

アイルランドでこの屈強なケイドを見たことがある、
蛮族の群れに一人ひるむことなく、
長いあいだ闘ったので、しまいには奴の腿は
突き刺さった矢でまるで鋭い針だらけのヤマアラシのよう。
とうとう助け出されたとき、見たこととか、
踊り狂うダンサーのように軽々と飛び跳ねて、
血のついた矢を鈴のようにならしおった。

この部分がそっくりＱ１にないことの損失は計り知れません。ヨークがアイルランドへ赴きイン

グランドを不在にしているあいだ、ジャック・ケイドの反乱が起き、4幕では文字通りケイドがアンチ・ヒーローとして大暴れします。そう考えれば、この時点で観客にケイドのイメージを強烈に焼きつけておく必要があります。

現代の「ヘンリー6世パート2」上演では、ヨークとケイドを一人の役者が演じるキャスティングの例があります。*17 確かにヨークとケイドの登場場面は重ならないので、今日より劇団構成員が少なく、ダブル・キャスティングが日常茶飯事であったエリザベス朝の公演で、ヨークを演じた役者がケイドを演じた可能性は否定できません。ヨークの「実体」「陽」に対する「影」「陰」としてケイドをイメージできる意味でも、F1のパッセージは不可欠です。

3幕2場のグロスター殺害とそれに続くシーンは、「ヘンリー6世パート2」においていくつかの上演上の問題があります。そのため、F1を底本にした現代のテクストでも大幅にQ1のステージングをとり入れています。これは明らかに、F1の弱点である劇場での修正の欠如が原因です。

F1では冒頭のト書きに、「舞台の上を二、三人が走って入る、ハンフリー(正しくはグロスター)公爵殺害の場から逃げて」とあります。ト書きを読む限り、殺害は舞台の外で行なわれ、殺人犯がそこから逃れてきた入場と解釈せざるをえません。

これにサフォークが加わり、短い会話でグロスター殺害を確認したあとで、「彼ら退場」のト書きがあります。これでは、退場するのが殺人者だけなのかサフォークを含むのか曖昧です。その直後にヘンリーらが入場し、その中にはサフォークの名前があることから、現代の版のほとんどが「彼ら退場」を「暗殺者退場」のト書きに変えています。

このあと、グロスター殺害のニュースがもたらされ、王はワリックに「グロスターの寝室に入れ、息の絶えた亡骸をよく見て、叔父の突然の死の真相を伝えてくれ」と命じ、ワリックは退場します。ややあって突然、「ベッドが出される」（Bed put forth）という不思議なト書きが現われ、「陛下こちらへ、この死体をご覧下さい」というワリックの台詞が続きます。この時点で明らかに、グロスターの死体はベッドの上に横たわった状態で舞台上にあり、人々が検死の目的でそのまわりに集まることになります。

ワリックはいったいどうやってベッドを舞台に持ちこむのでしょうか。F１のト書きはまったく助けになりません。問題は「ベッドが出される」という言い回しが、どういった行為をさしているのかです。一番ありうるのは、ベッドで殺害されたグロスターをワリックが人の助けを借りて、ベッドごと寝室から運んできたというシナリオでしょう。しかし、現代の版はQ１のステージングを採用して、このF１の不備を補っています。

Q１では、舞台の背後のいわゆる「隠し舞台」（discovery space, inner stage）を使って実際の殺害が観衆の眼前で行なわれ、サフォークの登場にあわせていったん「隠し舞台」のカーテンが引かれ、王の入場となります。F１の「ベッドが出される」は、この舞台奥のスペースのカーテンが開けられ、そこに用意されたグロスターの死体が現われることでそのまわりに人々が集まるという、一連の動きを意味したト書きであることがようやくわかります。

人騒がせな「ベッドが出される」という表現は、舞台のステージングにまったく無関心な、あるいは実際の上演時にどういった空間処理が行なわれたのか理解していない人によって書かれたのでしょう。この部分だけをとり上げれば、残念ながらF1は上演脚本として落第です。

しかし、あえてF1の弁護をするならば、F1のト書きは確かに「読者」にとって理解しがたい部分はありますが、それはさして大きな障害ではなく、逆に読者の想像力にゆだねられている部分が大きいともいえます。「定本シェイクスピア作品集」として出版されたF1は、かなりの高額を支払ってでもシェイクスピアの「本物」を読みたいという、知的欲求と経済的ゆとりを持った人に向けて出版されたものです。

この層の人々にとって、本の価値は上演の通りという点ではなく、何も削られていない最も「オリジナル」に近いという点にあります。すでにシェイクスピアの作品を単作のQ版で持つ人のF1への購買意欲をそそろうとするなら、一部のQ版のようないわゆる「海賊版」ではなく、「作家シェイクスピア」の威信を賭けた一大出版事業である必要があります。

結果として、「上演台本」の価値が一段低いところに置かれたとしても、これは致し方ないことでしょう。シェイクスピア劇のQ版のほとんどは、劇場で上演されたという出自を表紙に明記してセールス・ポイントとしています。初期の劇では、著者の名前すら入っていません。大事なのは、ロンドンの劇場で正真正銘のプロの劇団によって、最近演じられたという事実なのです。「幾度も上演された」という表紙の常套句は、一回きりの上演で消えていった失敗作ではないということを読者に保証しているのです。

これに対して、F1ではこれらの情報は消え、かわりに「著者シェイクスピア」が前面に押し出されています。「シェイクスピア全集」に収められた「作品」は、カットされた劇場台本ではなく、シェイクスピアによって「最初に書かれた通り」という事実が強調されています。厳密にいえば、シェイクスピアの手書き原稿が残っていないので、「最初に書かれた通り」という言葉が本当なのかを検証することも不可能です。

とはいえ、もしF1の存在がなかったなら、ヘミングズとコンデルの「本当のオリジナルに忠実に出版された」という自負がなかったなら、我々は「ヨーク・ランカスター家」のみで「原ヘンリー6世パート2」を想像しなくてはならないという状況に追い込まれていたはずです。F1の真の恩恵は、測りがたいものがあるのです。

5幕2場セント・オルバンズの戦いでは、「ヨーク・ランカスター家」と「ヘンリー6世パート2」で奇妙なテクスト上の違いが見られます。悪魔の予言通り、セント・オルバンズの戦いでサマセットは、「城の印」(おそらく宿屋か今日のパブのような店の看板)の下でリチャードに殺されます。F1ではかなり場が進んだ戦闘の途中でこの事件が起き、予言への言及はリチャード自身の口から漏れます。「そこに寝ていろ。居酒屋のちっぽけな印の下、オルバンズの『城』の元、サマセットは己の死で魔術師の評判を世に広めた」

ト書きにも「城の印」はないので、実際に何らかの大道具が舞台上に登場したのか知る由もありません。とはいえ視覚的な助けなしでは、よほど記憶力のいい観客や読者でない限り、リチャードが何を言っているのかすぐには理解できないでしょう。演出家や舞台美術家の立場からいえば、ここはぜひ本物の「城の看板」が欲しいところです。

Q1では、サマセットの死を場面の冒頭に持ってきています。まずト書きが、舞台上の装置を視覚的に説明します。

「(前略)そしてセント・オルバンズの『城』の印の下でリチャードは彼を殺す」

このト書きを読むと、例えば背後のバルコニーから「看板」が掲げられていることがわかり、リチャードの台詞もF1よりさらに具体的で、ここでも「サービス精神」を感じます。

「予言は本当になった。サマセットは城に気をつけるように警告された。奴は予言を絶えず気にしていたが、ご覧の有様、セント・オルバンズの飲み屋のちゃちな城の看板の下、サマセットは己の死で魔術師の評判を世に広めた」

「城の看板」を出すタイミングとしては、前の場の終りとこの場の始まりのあいだが最善ですが、出すや否やサマセット殺しを行なって予言の的中を観客に伝え、さっさと看板を片づけてしまえ、くらいの考えでQ1のリポーターたちが事件の展開の順序を入れ替えたと考えることもできます。こうした事件の順序の入れ替えは、「記憶による再構築」だからこそできた技といえるでしょう。

そもそもQ1を再構築した役者たちの唯一の頼りは、脳の中の記憶と「パート」と呼ばれる個人の台詞だけを抜書きした紙だけです。脚本を全体の流れで把握している者は誰もいなかったので、残されたいくつかの「パート」をつぎはぎしていく過程で、事件の順番が入れ替わることは想像に難くありません。

いずれにせよ、Q1は舞台効果を優先させた結果、舞台のプロパティー（大・小道具）にまで目配りが効いたステージングを生んでいます。しかしF1では、視覚的効果を生かさず、中途半端な

〈F1〉
◇4幕7場
セイ卿の三〇行以上の群衆に対する語りかけにもかかわらず、セイ卿兄弟の首が竿の先に刺されて舞台に登場。
ケイド「町の辻ごとで奴らにキスさせろ。行け！」（退場）
（空の舞台。新しい場の始まり）
◇4幕8場
（戦闘の音、退却。ケイドと暴徒再び入場）
ここでは戦闘が舞台の外で行なわれている設定。
クリフォード率いる王の軍隊登場。

〈Q1〉
セイ卿のスピーチ（四行）
ケイドの命令で首を切られるべくセイ卿が退場。
ロビン入場。市内に火の手が上がったと報告する。
ディックと警官のエピソード。
（↑ F1にない部分）
セイ卿兄弟の首がF1同様登場。
クリフォード登場。

リチャードの言葉のみで予言の顛末を説明しているところが、舞台演出としては物足りません。

エリザベス朝演劇では、劇を構成するユニットとして「場」を用いたことはよく知られています。ベン・ジョンソンらの例外を除けば、古典劇の様式である「幕」は、出版時に適当に割り当てられていたのが実態です。舞台に人がいなくなった時点で場が変わる、というのが共通の認識でした。「ヘンリー6世パート2」でも、人の出入りが激しい4幕は十場を数えます。「ヨーク・ランカスター家」の場合は、機会さえあればテクストのカットを行なったため、ときには必要不可欠な場をそれとは知らずに消滅させることさえしています。「ヘンリー6世パート2」の4幕7場から8場への転換が、「ヨーク・ランカスター家」にはありません。違いがわかりやすいように、F1の舞台進行とQ1の舞台進行を並べてみます（135ページ参照）。

見ての通り、Q1のアクションにはまったく切れ目がありません。セイ卿のスピーチからクリフォードの登場まで、Q1は三七行で収まっているのに対して、F1は約八〇行を要しています。大幅のカットにもかかわらず、Q1はF1にはない新しい挿話さえ導入しているのですから驚きに値します。

こうしたスピード感の違いは、アクションの展開の早さにも如実に表われています。三〇〇行を越える芝居の上演には荒療治とも思える大胆なカットがつきものですが、その手際のよさには現代の演出家も脱帽するのではないでしょうか。

クリフォードの群衆への演説をきっかけに、反乱分子の気持ちはいっきにケイドから離れ、ケイドは独りロンドンから逃走せざるをえなくなります。クリフォードが行なった肝心の長い演説は、Q1ではこれまで通り大幅にカットされていますが、その手際は決してよいとはいえず、群衆を説得するだけの力が言葉にありません。

F1でのクリフォードは、先王ヘンリー5世がフランスで活躍したかつての栄光、翻って反乱に明け暮れるイングランドの無防備さに目を向けさせます。一方のQ1では、何の前ぶれもなく、「ならば先祖が勝ちとったフランスへ急げ、そして失ったものを再びとりかえすのだ」という台詞が突然現われますが、これは「原ヘンリー6世パート2」のスピーチが化石のように残っただけに過ぎず、聴衆へのインパクトはまったくありません。

これに対してF1は、三〇行近くを費やしてヘンリー5世のフランスでの偉業の記憶をよみがえらせ、さらにフランス軍がロンドンを蹂躙する有様を生々と描写し（「フランス人が主づらをしてロンドンの街を闊歩しているのが見える」〈傍点は筆者による〉）、いやが上にも群衆の愛国心をあおります。クリフォードは、群衆の中にヘンリー5世のもとでフランス遠征に参加した兵士が多数いることを意識しています（「お前たちがかつて征服した腰抜けフランス人」）。

このヘンリー5世への度重なる言及は、先行する「ヘンリー6世パート1」上演の記憶がまだ新鮮であったことの証であるか（「ヘンリー6世パート1」にヘンリー5世は登場しませんが、芝居はヘンリー5世の葬式で幕を開け、全体に「フランス失地」のテーマがからめられています）、あるいは一五九八〜九九年の再演時にこのヘンリー5世への言及がつけ加えられたのかもしれません。

同時に、リポーターたちが「ヨーク・ランカスター家」のテクストを再現した一五九三〜九四年の時点で、大陸へのイギリス軍遠征に対する興味がロンドン市民の心の中ですでに薄れつつあったことを物語っているのかもしれません（一章・37ページ参照）。

「薔薇戦争」のテーマ

「薔薇戦争」（The Wars of the Roses）という言葉は現在、少し異なる二つの側面を持っています。ここでは、まずこの点を明らかにしたいと思います。

一つは赤薔薇、白薔薇のシンボリズムです。これは「ヘンリー6世パート1」を論じた部分でも述べたように、シェイクスピアが独自に作りあげた図像上のモチーフです。実際には血みどろで、凄惨を極めた一連の戦いにロマンティシズムの香りを与え、多くの物語、絵画のテーマとなった「薔薇戦争」の呼称の始まりは、ひとえにシェイクスピアの独創にあります。

一方、十五世紀イギリス史においては、プランタジネットの系図におけるランカスター家とヨーク家という、豪族間の主流の座をめぐる一連の闘いを総称する「薔薇戦争」があります。今日、歴史家のあいだではテクニカルな用語として定着しているものです。この学術的呼称としての「薔薇戦争」に使われた「薔薇」の語は偶然に採用されただけで、ロマンティシズムや騎士道的連想とはまったく無縁です。

シェイクスピアは薔薇のシンボリズムを、3部作を通じてどの程度強く意識していたのでしょうか。F1の「ヘンリー6世パート2」「ヘンリー6世パート3」に限っていえば、薔薇シンボリズムへの言及はまったくといってよいほどありません。「ヨーク・ランカスター家」と「ヨーク公爵の本当の悲劇」では、なんとかシンボリズムが維持されていますが、主にト書きを通してのもので、台詞に関しては貧弱です。

薔薇シンボリズムへの言及がQ1でト書きに集中している事実は、何を物語っているのでしょうか。それはQ1のリポーターたちが、「薔薇戦争」の花が持つシンボリズムの舞台効果、視覚上の価値に敏感であったからではないでしょうか。

「ヨーク公爵の本当の悲劇」のト書きによると、ヨーク三兄弟の末っ子クラレンスは、ランカスター勢から寝返ってヨーク家へ戻る際、帽子につけた赤薔薇を庇護者であったワリックに投げつけます。

このシンボリックな行為に、食指をそそられない演出家はいないでしょう。一部のエディターですら、このQ1のト書きを形を変えて利用したり、注として紹介したりしているほどです。薔薇のシンボリズムが「舞台で映える」と認識した役者たちの感性は、「薔薇戦争」の名を借りたヴィクトリア朝における花シンボリズム絵画流行の原動力となった衝動と、おそらく同じ種類のものです。ランカスター家対ヨーク家という構図は、「ヘンリー6世パート2」にも色濃く表われています。しかしそれに輪をかけて、ことあるごとに両家対決のテーマを押し出しているのが「ヨーク・ランカスター家」なのです。その固執ぶりは、Q1が「原ヘンリー6世パート2」に加えた大幅なカットからもうかがえます。

「ヨーク・ランカスター家」の正式名「名高いヨーク家とランカスター家の争い、パート1」からして、芝居のポイントを明確に打ち出しています。ただし、「ヨーク・ランカスター家」に続いて一五九五年に出版された「ヨーク公爵の本当の悲劇」では、「両家の争いパート2」とは謳っていません。これは奇妙なことに思えるでしょうが、エリザベス朝における芝居上演と本の出版事情の関係性を考えると、納得できるはずです。

そもそも劇を本として出版する際は、上演されたときのタイトルをそのまま使うことが常識でした。上演を実際に見た人、上演時に風評でタイトルを耳にしたことがある人にとって、出版された本が過去に上演された劇であることを知るすべはタイトルしかありません。本にとって重要なセールス・ポイントとなる芝居のオリジナル・タイトルを、出版時に変更することは大きな冒険だったのです。

したがって、「ヨーク・ランカスター家」と「ヨーク公爵の本当の悲劇」は、タイトルだけ見ると何の関連性もない別個の劇として登録、出版されたのです。とはいえ、この二つの芝居が連作であることは誰の目にも明らかです。出版のあとは上演される機会が少なくなり、劇の価値が「本」のそれに移行するにつれ、オリジナル・タイトルの重要性も薄れていったと考えるべきでしょう。

一六一九年出版のQ3、いわゆる「ペイヴィアQ」が書籍出版業者組合記録に登録されたとき、二つの芝居は「ヘンリー6世の本パート1とパート2」と記されており、実際の出版時には「名高い二つの家、ランカスターとヨークの争いのすべて」に変えられています。

つまり、「ヨーク・ランカスター家」と「ヨーク公爵の本当の悲劇」は、ペンブロークス・メンのレパートリーにあった時代から2部作だったのです。これは、連作を二日間に渡って上演するという慣習のなかったエリザベス朝劇場ならではのことで、おそらく個別に独立したタイトルをつけられた上、別個の作品として上演されたと考えられます。

また、F1の「ヘンリー6世パート1、パート2、パート3」という順序と名前は、その成立過程を緻密に検討すれば、やはり正確なものとは言い難いでしょう。「ヘンリー6世パート1」プラス「名高い二つの家、ランカスターとヨークの争いのすべて」というくくり方こそが、最もふさわしいのかもしれません。


ランカスターとヨーク対立の構図は、早くも「ヨーク・ランカスター家」1幕1場の入場のト書きから、入念にコレオグラフィー（振りつけ）を施されています。

「一方のドアから国王ヘンリー6世、グロスター公爵ハンフリー、サマセット公爵（中略）入場。他方のドアからヨーク公爵、（中略）ソルズベリー伯爵とワリック伯爵入場」

Q1に特有の「一方のドアから、他方のドアから」という左右対称の同時入場で、一方からランカスター家ヘンリー、他方からはヘンリーの座を将来脅かすヨーク公爵とともに、その支持者ソルズベリーと息子のワリックが舞台に登場します。「名高い二つの家、ランカスターとヨークの争いのすべて」の幕開けとしては、まさにこれ以上のものは望めないでしょう。

この同じシーンを、サフォークがマーガレットを将来の王妃としてヘンリーに初めて紹介する場面と定義しなおせば、国王ヘンリーが一方から現われ、他方からマーガレットが現われるのが自然でしょう。F1のト書きはそのように指示しています。

「片方から国王、ハンフリー公爵、ソルズベリー、ワリック、ボーフォード入場。他方から女王、サフォーク、ヨーク、サマセット、バッキンガム入場」

婚姻に向けての準備としてとらえると、この入場は納得できます。秘かに恋愛関係にある女王マーガレットとサフォークが、一緒に登場することにも意味があります。

しかし、サマセットとヨークという宿敵を一緒に登場させている点は不自然です（二人をあえて一緒に入場させる演出もユニークかもしれませんが）。そもそも「ヘンリー6世パート1」において、テンプル法学院の庭の場面で赤と白の薔薇を選んで争いの火種を作ったのは、この二人にほかならないからです。

◈プランタジネット（のちのヨーク公爵）

みな口を閉ざして、話すのを躊躇しているので、

言葉を使わず、沈黙の行為で真意を示すことにしよう。

本当のジェントルマンと自負する男は、

家の名誉を誇りに思うなら、
私が真実を語ったと思うものは
このいばらから私とともに白薔薇をとれ。
◆サマセット
臆病でもお世辞使いでもない者、
真実の側につく勇気を持つものは、
このとげの茂みから私と一緒に赤薔薇をとれ。
◆ワリック
私は見せかけが嫌いだ。卑屈な
ご機嫌とりのうわべを捨て去り、
プランタジネットとともに白薔薇をとる。
◆サフォーク
若いサマセットとともにこの赤薔薇をとる、
そしてこう言おう、彼には理が味方している。

この二人は、お互いの対抗心から「ヘンリー6世パート1」でトールボットに援軍を差し向けるのを拒否し、彼を憤死させた当事者です。少なくとも「ヨーク・ランカスター家」のリポーターたちは、「ヘンリー6世パート1」で何が起こったのかを、ある程度理解していたと思われます。同時に、「ヘンリー6世パート1」と「ヘンリー6世パート2」の間に存在する連続性も、認知していたように見えます。

一方、「ヘンリー6世パート2」は、「ヘンリー6世パート1」の最後の場面、つまりサフォークとマーガレットの邂逅、さらにサフォークに芽生えた王位への野望を受けて、そのテーマを発展させています。その結果、ヘンリーとマーガレット（サフォークに付き添われて）が左右から別に入場する形をとったとも解釈できるのです。

「ヨーク・ランカスター家」と「ヘンリー6世パート2」は、どちらも「ヘンリー6世パート1」と何らかの連続性を保っています。ですが、「ヘンリー6世パート1」の構造的なテーマの発展、つまり「ヨーク・ランカスター家の争いのすべて」の序章として見ると、「ヘンリー6世パート2」は「ヨーク・ランカスター家」に見劣りするといわざるをえません。

Q1のリポーターたちにとって、「薔薇戦争」への関心が一過性のものでないことは、Q1の1幕3場にあるト書きを見れば明らかでしょう。「国王ヘンリー入場。ヨーク公爵とサマセット公爵、国王の両脇で耳元にささやいている」。

ボッティチェリ作「アペレスの誹謗」にも同様な構図が見られますが[*18]、この場面の絵画的、寓意的構図は、薔薇戦争のテーマがQ1テクストの深いところに根づいていることを物語っています。

Q1のこのト書きがあるがために、フランス摂政指名をめぐるヨーク支持者とサマセット支持者の争いが、場の冒頭に据えられました。

一方、F1の入場ト書きにはこうした薔薇戦争のモチーフという制約がないので（「国王、ハンフリー公爵、枢機卿、バッキンガム、ヨーク、ソルズベリー、ワリック、そして公爵夫人の入場」。ちなみにF1では、すぐにサマセットの台詞があるにもかかわらず、彼を入場させることを忘れています）、言い争いは共通の敵であるグロスターへの集中攻撃にすぐ矛先を変え、怒りのあまりグロスターは退場します
一方Q1において、ヨークとサマセットのいさかいは、ますますエスカレートしていきます。そして、「ヨークを国王に。ヘンリーは本当の王ではない」と放言した嫌疑で召喚された職人の吟味の席へと場は移っていきます。ここでは、薔薇戦争という抗争の構図への関心の温度差が、二つのテクストにおける場面進行の順序を変えてしまっているのです。

「ヨーク・ランカスター家」の薔薇戦争への関心の強さは、ト書きに限ったものではなく、台詞にもそのことが反映されています。

例えば、5幕2場ヨークとクリフォードの闘いの場面を較べてみましょう。「ヘンリー6世パート2」に見られる二人の対決の場面は、互いに武勇を讃える騎士道精神溢れるやりとりになっています。

ヨーク　　お前がこれほど因縁の敵でなかったら、

クリフォード　雄々しい武者ぶりに惚れこんだかもしれぬ。
お前の勇敢さが不名誉な反逆罪の色に染まっていなかったら、
畏敬の念に値しなくもないのに、惜しいものよ。

これに対して「ヨーク・ランカスター家」では、ランカスター家とヨーク家の憎しみの激しさにポイントが凝縮されています。

ヨーク　お前とランカスター一族全員に
永劫の憎しみを俺の心は誓ったのだ。

クリフォード　（略）
憎いヨーク家を滅ぼすまで、
俺の心は休まる時もない。

また「ヘンリー6世パート2」では、息を引きとる前にクリフォードが「終わりが人の命の華」とフランス語で言い放ち、その屍に向けてヨークは「戦いがお前に平和を与え、お前はもう動かぬ。神の思し召しにかなうなら、彼の魂に平安あれ」と哀悼の情を表わします。すべてにおいて、叙事詩的ヒロイズムの伝統に沿った態度であり言葉になっており、同じプランタジネットの血を引く

「身内の争い」ゆえの鬱屈した憎しみは一切感じられません。

一方の「ヨーク・ランカスター家」では、勝ち誇ったヨークは感傷に浸る間も惜しんで、ランカスター王ヘンリーの血を求めて戦場を徘徊します。「臆病者のヘンリー、さあ、地面にひれ伏しているがいい、貴様の冠をヨークの王に捧げるときが来たぞ」。

さて、Q１とF１二つのテクストを「薔薇戦争」のテーマに限定して比較した場合、どちらが「原ヘンリー６世パート２」に近いのでしょうか。おそらく、「ヘンリー６世パート２」の方がオリジナルに近く、Q１のリポーターたちが芝居のポイントを彼らなりに強く、太くなぞった結果、もしかするとシェイクスピアが意図した以上に、「薔薇戦争」のテーマがより色濃く投影されたと考えるべきかもしれません。

そもそも「名高いランカスター家とヨーク家の争いパート１」という名称ですら、シェイクスピアがつけたのか、リポーターたちがつけたのか定かではありません。前にも述べたように、芝居の上演時のタイトルを出版時にも用いるのが当時の慣習だったことから、Q１のタイトルはおそらく上演時の台本、つまり「記憶による再構築」の以前に存在していたテクストの名前であったと推測されます。よって、「名高いランカスター家とヨーク家の争いパート１」の命名者はシェイクスピアと思われるのです。

したがって、このタイトルを「ヘンリー６世パート２」の代わりに採用したオックスフォード編集者の判断には一理あります。ただし、それが3部作を構成する一つの劇の名称としてふさわしいかは、また別の問題ですが。

最後に、この章で述べたことを整理してみます。まず劇場の内部から、つまり楽屋やリハーサルの過程から生まれたとおぼしきQ1「ヨーク・ランカスター家」の克明なト書きは、シェイクスピアのオリジナル原稿が上演台本に生まれ変わるプロセスを証言しているという事実があります。そうした改編の場に、シェイクスピアが加わっていた可能性も当然あります。「オリジナル」「非オリジナル」とテクストを峻別することなどもとから不可能ですし、あまり意味もありません。ト書きについてもう一点重要なことは、「描写的」は「商業的」と表裏一体であるということです。

これはF1「ヘンリー6世パート2」にも言えることで、Q1もF1も「本」としての体裁を整えて出版された以上、「読者」を対象にして小さな手直し、ときにはある程度の書き直しが必要だったはずです。Q1で特に顕著なように、生の芝居の体験を持たない本の購買者に劇の各シーンの状況、視覚的効果をできるだけ写実的表現で補おうとするのは、商業上の正しい判断と言えるでしょう。

多くの研究者が考えるように、F1はシェイクスピアの最初の原稿、あるいはその清書されたものの一部をもとに、いずれかのQ版を参考にして植字、印刷されたものと考えられます。したがって、F1がシェイクスピアの「オリジナル」により近いという事実は、まぎれもないことなのです。

ただし、シェイクスピアは劇作家としてデビューしたときから、長過ぎる芝居を書くという癖を持っていました。三〇〇〇行を越す芝居は、当時の常識を無視したものです。F1出版の際の祝詩でベン・ジョンソンが述べた、シェイクスピアの原稿には書き損ね、間違いが一切なかったという賞賛は今や神話化していますが、あまり書き直しがなかったため量も自然に増えたということなのでしょうか。ジョンソンの「もっと削ってくれたらよかったのに」というためいきは、友人からというよりライバル作家ゆえのものだったかもしれません。

シェイクスピア自身も、自分の原稿がその通り上演されるとは、ましてや印刷されて一冊の本にまとめられるとは考えていなかったに違いありません。F1の上演脚本の長さに一番びっくりしたのは、シェイクスピア自身だったかもしれません。

そもそもF1は、上演台本として書かれたものではありません。四〇〇〇行に近い「ハムレット」のF1が、実際の舞台上演のために書かれたものではないのと同様に。

また、芝居を売り込むために、劇作家は完成した作品をヘンズローのような劇場所有者兼マネージャーや劇団員に見せたり、一部朗読したりするのが当時の慣例でした。駆け出しのシェイクスピアもこのテストに合格するため力作を、つまり非常に長い芝居を書いたと思われます。

Q1はその長過ぎる原稿を上演用にスリム化し、スピードアップを図ったものです。リポーターたちが腐心したのはオリジナルの忠実な再現ではなく、舞台進行のテンポやリズムのような、「本」

のテクストの中では二義的かもしれないが、実際の上演時には舞台の成功を左右する要素を確保し、磨き上げることだったはずです。Q1のような上演台本こそが、シェイクスピアの予想していた自分の「芝居」のイメージに近かったことでしょう。カットや部分的手直しは、最初から折り込み済みのことだったのです。

F1の不幸は、上演後ずっと「お蔵入り」のまま三十年あまり眠っていたので、実際の舞台を記憶している人が劇団を離れたり、世を去ってしまったあとに出版されたことでしょう。反対にQ1の幸運は、ペンブロークス・メン消滅の翌年というまだ上演の記憶が生々しい時期に、当の上演に参加した役者たちの手によって、体験に裏打ちされた手直しがなされているという点です。

シェイクスピアの「オリジナル」から大きく逸脱している部分が多いことは間違いありませんが、Q1「ヨーク・ランカスター家」なくしてF1「ヘンリー6世パート2」は舞台脚本として成り立ちません。これは、現代における「ヘンリー6世パート2」のさまざまな版が、至るところでQ1の助けを借りている事実からもわかります。

いずれにせよQ1「ヨーク・ランカスター家」が、エリザベス朝の楽屋やリハーサルでどのように芝居が形作られていったかを教えてくれる、第一級の資料であることだけは間違いありません。

第三章――注

1　Book-keeper はエリザベス朝劇団のスタッフの一人で、その仕事は台本の管理が主である。リハーサルや上演の段階で加えられる変更、編集を台本（book）に記録し、役者の入退場をチェックし、役者に配る「パーツ」を用意し、他の舞台監督的な作業も受け持った。Prompter の言葉も使われるが、当時と現在の意味は異なり、book-keeper の決まった日本語訳もないので、あえて片仮名書きを用いる。

2 Lukas Erne, *Shakespeare as Literary Dramatist* (Cambridge: Cambridge University Press, 2003) 204 f. Arden 3 Series の *Henry VI Part 3* のエディター Cox & Rasmussen は Part 3 のQ1（1595）を、役者が友人のために筆写したものが元であると推定している（166）。

3 Stanley Wells and Gary Taylor et alii eds., *William Shakespeare: A Textual Companion* (Oxford: the Clarendon Press, 1987) 176.

4 Q1、F1からの引用の場所はF1の現在使われている幕、場で示し、Q1の Total Line Number (TLN) は用いない。Q1、F1のファクシミリは次の版を用いた。*The First Part of the Contention*: The First Quarto 1594, photolithography by C. Praetorius, with forewords by F.J. Furnivall (London, 1889): rept. A Facsimile Series of Shakespeare Quartos 15（南雲堂、1975）. *Mr. William Shakespeares Comedies, Histories, & Tragedies*: A facsimile edition prepared by Helge Kökeritz (New Haven: Yale University Press, 1955).

5 W. W. Greg, *The Shakespeare First Folio: Its Bibliographical and Textual History* (Oxford: the Clarendon Press, 1955) 135.

6 E. K. Chambers, *William Shakespeare: A Study of Facts and Problems* (Oxford: the Clarendon Press, 1988 [1930]) vol.1, 202.

7 *Henry VI* , *Part* 2 (The Oxford Shakespeare), ed. Roger Warren (Oxford: Oxford University Press, 2003) 87-88.

8 Christopher Marlowe, *Edward II*（c. 1592: 出版は 1594）"The wilde Oneyle, with swarmes of Irish Kernes,/ Lives uncontrold within the English pale." Cairncross (Arden 2, 2H6), Hattaway (The New Cambridge Shake-

speare, 2H6) はマーローの作品の一部が *1 Contention* にまぎれこんだと考えるが、事実はその反対で、ヘンリー6世3部作が先行し、マーローがその影響を受けたとする方が現在は一般的である。しかし決定的な証拠は、いずれの立場にも欠ける。

9　*King Henry VI, Part 2* (The Arden Shakespeare, the 3rd Series), ed. Ronald Knowles (Walton-on-Thames, Surrey: Thomas Nelson and Sons, 1999, 248). Roger Warren, 291.

10　Bevis と John Holland はF1の卜書きに同時に出てくるので、二人とも同じ劇団、ペンブロークス・メンに属していたと考えるのが普通である。John Holland の名前は *John of Bordeaux*（1592？· ストレンジズ・メン？·）とロード・チェンバレンズ・メンの幹部ジョン・ポープの遺書（1603）に現われ、ストレンジズ・メンを経由してペンブロークス・メンに移動したと推測される。E. K. Chambers も同じような考え（*Facts and Problems*, 2, 80)。

11　Wells/Taylor, Warren (The Oxford Shakespeare), Hattaway (The New Cambridge Shakespeare) らのエディターがこの意見である。例えば Warren は Hattaway を引用しながら、“Humphrey maybe skimming on to the important part of the document, It may be dramatically more effective not to repeat phrases mechanically”（Oxford *2H6*, 114）と述べている。

12　このマーガレットの長台詞についての現代舞台での演出上の困難は Warren によって記録されている（Oxford *2H6*, 42-44)。Terry Hands のRSC公演 (1977) はマーガレットの台詞を二〇行あまりカットし、大胆な解釈を与えて Warren に好感を持たせたが、“the bottom line” は “As always with this speeh, the ultimate impression was one of strain.” と評した。

13　Scott McMillin, Casting for Pembroke's Men: *The Henry VI* Quartos and *The Taming of a Shrew, Shakespeare Quarterly* 23 (1972), 152: Shakespeare “was pushing beyond the norm—perhaps because the company for whom he originally intended the plays included a leading boy of unusual range who was not available for the performances of Pembroke's Men and whose roles had to be reduced for another child actor."

14　Peter Alexander, *II Henry VI* and the Copy for *The Contention* (1594), *Times Literary Supplement* 9 October 1924: 629-30. *Shakespeare's Henry VI and Ricahrd III* (Cambridge University Press, 1929).

15　Hattaway (New Cambridge 2H6, 107) は、Ｑ１の変更は上演のためかもしれないとしつつ、Ｑ１がより authentic であるということはできないとしてＦ１のバージョンを採用している。Warren (Oxford 2H6, 90-91) は "it is not beyond the capacity of a group of intelligent actors to see the advantages for Henry and Suffolk in Q's arrangement. It is possible, then, that F's version is the original, left unrevised" と結論している。

16　David Bradley, *From Text to Performance in the Elizabethan Theatre: Preparing the Play for the Stage* (Cambridge: Cambridge University Press, 1992). *1 Contention* と *2H6* の総行数、およびエリザベス朝の劇の平均的長さの基本データは、Bradley の著作の appendix, Cast-lists of public theatre plays from 1497 to 1625 による。

17　Knowles, Arden 3 *2H6*, 5.

18　一四九五年作品、ウフィツィ美術館所蔵。マイダス王の左右で「疑惑」と「無知」が耳元でささやいている。

第四章　シェイクスピアの「スタンリー・コネクション」

シェイクスピアが確実に所属していたことを確認できる劇団は、一五九四年に創設されたロード・チェンバレンズ・メンだけです。それ以前、つまり一五八五年（シェイクスピア、二十一歳）に双子の長男ハムネットと次女ジュディスが誕生してからのシェイクスピアの足跡、そして一五九二年にヘンリー6世劇でロンドンにおいて劇作家としてデビューするまでの期間――いわゆるシェイクスピアの「失われた時間」（Lost Years）という大問題が立ちふさがっています。

これまでヘンリー6世劇成立の過程を模索した結果、期せずしてシェイクスピアの「失われた時間」に踏み込むことになりました。シェイクスピアのヘンリー6世3部作がストレンジズ・メンのために書かれ、かつ上演されたと主張することは、シェイクスピアとこの劇団の関係を解明する新しい仕事を生みます。故郷ストラットフォードを去ったシェイクスピアが、どのような経緯でこの劇団と関わるようになり、興行師ヘンズローの薔薇座を本拠地としていたストレンジズ・メンの当たり芝居――ヘンズローの日誌で「ハリー6世・新」と記されている芝居――の脚本を提供するに至ったかを追跡し、仮説であるシナリオに資料的な肉づけをしなくてはなりません。

ストレンジズ・メンとはどんな劇団か？

その前に、ストレンジズ・メンという劇団の出自を含めた解説がある程度必要でしょう。ストレンジズ・メンはときに「ダービーズ・メン」とも呼ばれました。この劇団のパトロンが、ランカシャー地方に本拠を持つスタンリー家の当主ダービー伯爵であり、同時にその長男をストレンジ卿と呼び習わしていたことに起因します。イギリス皇太子を今でもプリンス・オブ・ウェールズと呼ぶ慣習と似ています。一五八〇～九〇年代にストレンジズ・メンのパトロンであったファーディナンド・スタンリーは、一五九二年の父ヘンリーの死にともなって第四代ダービー伯爵を名乗り、彼の劇団もダービーズ・メンと名を改めました。

従って一五六〇～七〇年代、すでに地方で公演を行っていたダービーズ・メン／ストレンジズ・メンが時に混同された結果、一つの劇団であったのか、二つの劇団であったのかも定かでありません。当のスタンリー家も二つの名前に厳密な線引きをした様子はなく、上演を記録した地方自治体の役人も二つの名前を混同して用いていたようです。

そもそもその創成期において、ダービーズ・メン／ストレンジズ・メンは演劇専門のプロの劇団ではありませんでした。エリザベス朝初期の劇団がすべてそうであったように、パトロンである貴族の名前を冠した集団は、元来その貴族の家の従僕たちでした。彼らはパトロンの求めに応じて、祝いごとやクリスマスなどの年中行事、客をもてなす晩餐のエンターテインメントとして、踊りや音楽、ときには寸劇を提供するのが仕事でした。

そうした広い意味での「役者」を抱えることは、貴族にとっても一つのステータス・シンボルとなり、余興を見る機会の少ない地方にあっては、こうした芸人の集団が近隣の祭りなどで一般民衆に芸を披露して喜ばれていただろうことは想像に難くありません。ダービーズ・メン／ストレンジズ・メンも例にもれず、創成期はアクロバティックな踊りを売り物にしていたようで、一五八〇年代における宮廷での上演記録では、「役者」ではなく「曲芸師」（tumblers）と呼ばれ、集団としては「スタンリー殿の従僕」（Master Stanley's boys）の名前が残っているだけです。[*1] 我々の思い描く「劇団」とはほど遠いものがあります。

そのストレンジズ・メンが変貌を遂げるのは、一五八〇年代後半のことです。貴族をパトロンとする当時の劇団の世界で疑いなく主席の座を確保していたのは、文字通り「女王陛下の僕」であるクイーンズ・メンでした。クイーンズ・メンは一五八三年、女王の側近フランシス・ウォルジンガムの肝いりで、宮廷のエンターテインメントを仕切る宮廷祝典長エドマンド・ティルニーが主要劇団のスター役者を引き抜いて作った劇団です。

それに続くのが、一時エリザベスとの結婚も噂された、女王陛下の寵児レスター伯爵の名を冠したレスターズ・メンでした。クイーンズ・メンに幹部役者を奪われたとはいえ、パトロンの政治的発言力の強さと女王との距離の近さゆえ、レスターズ・メンは多くの優秀な役者を抱えた大所帯の劇団でした。そのレスターズ・メンが一五八八年にパトロンの死によって解散したことから、劇団メンバーは、淘汰されて残った有力劇団に移籍しました。このとき、のちのロード・チェンバレンズ・メンでシェイクスピアの同僚となるウィリアム・ケンプ、ジョージ・ブライアン、トマス・ポープの三人が、レスターズ・メンからストレンジズ・メンに移動したと考えられています。[*2]

次第に優秀な役者を集めたストレンジズ・メンは、まずロンドンの宿「クロス・キーズ」の中庭を舞台スペースに用いて、都市型の常設劇団へと徐々に変貌をとげます。さらに、当時一番の人気役者だったエドワード・アレン率いるアドミラルズ・メンと合同して、ロンドン郊外のショーディッチに建てられた、イギリス最初の本格的商業劇場「ザ・シアター」に居を構えてからは、常設小屋を持ち、レパートリー制を保って、日曜を除く一週間、毎日異なる出し物を掛けるというエリザベス朝の演劇公演の枠組みを作りあげました。

ストレンジズ・メンの地位の上昇は、宮廷での上演記録に的確に反映されています。宮廷でのクリスマスや新年の劇上演は、各劇団の序列を暗黙のうちに確認できる機会でもありました。一五九〇〜九一年シーズンに、ストレンジズ・メンは二回の上演を果たしています。

これだけでも大きな成果ですが、次の一五九一〜九二年シーズンになると、ストレンジズ・メンは都合六回の上演を許され、一劇団としては記録となる六十ポンドの報酬を得ています。劇団としての実力を評価された意味もあったでしょうが、パトロンであるファーディナンドの工作が功を奏したのかもしれません。宮廷に招待される劇団を選ぶのは、当時の宮廷祝典長ティルニーの特権であり、幸いスタンリー家は婚姻関係上、ティルニーに影響を及ぼせる立場にありました。

このストレンジズ・メンの急激な台頭と演劇的充実ぶりを物語るのが、一五九二年二月から六月まで、興行師フィリップ・ヘンズローの所有するテムズ川南岸の劇場「薔薇座」で打って出た連続公演です。レパートリーにはクリストファー・マーロー、トマス・キッド、ジョージ・ピール、ロバート・グリーンなど、まさにエリザベス朝演劇の歴史を書き換えた劇作家たちの作品が名を連ねています。

シェイクスピアの「ヘンリー6世パート1」は、三月一日に初めてストレンジズ・メン／アドミラルズ・メンの合同劇団によってここ薔薇座で上演され、以後人気芝居としてレパートリーの一角を占めます。六月、不幸なことに疫病の発生でロンドンの芝居小屋はすべて閉鎖され、薔薇座に残って芝居を続けられるよう枢密院へ直訴したにもかかわらず、ストレンジズ・メンは他の劇団同様にロンドンを離れ、一五九三年一月には地方巡業に出かけることを余儀なくされました。

このとき枢密院から発行された巡業許可書にシェイクスピアの名前はありませんが、先に述べたケンプ、ブライアン、ポープの三人に加えて、将来ロード・チェンバレンズ・メンで同僚になるジョン・ヘミングズとオーガスティン・フィリップスの名前も記されています。この書状に名前はありませんが、もう一人、のちにロード・チェンバレンズ・メンの団員となるリチャード・カウリーが巡業に加わっていたことは、別の資料で確認されています。[*3]

これらの事実は、この時期のストレンジズ・メンに、次代を担ういかに優れた役者が集まっていたかを物語っています。ヘンズローの日誌に記録はありませんが、「ヘンリー6世パート2＆3」の二つの芝居がロンドンを離れる前に薔薇座で上演された可能性は否定できません。

そして、同じように地方巡業に出た分派のペンブロークス・メンの団員の一部が、ロンドンや宮廷、あるいは地方で「ヘンリー6世パート2＆3」を上演した際の記憶に基づいて再構築したのものが、「ヨーク・ランカスター家」と「ヨーク公爵の本当の悲劇」という二つの異本としてのちに印刷され、市場に出回った顛末は前に述べた通りです。

これがシェイクスピアのヘンリー6世劇上演に至るまでの、ストレンジズ・メンの軌跡です。ストレンジズ・メンとシェイクスピアの接点がヘンリー6世劇上演だけにとどまるなら、シェイクスピアがこの劇団のために三つの作品を提供したという事実だけしか浮かび上がってきません。

重要なのは、ヘンリー6世3部作執筆の直後、「ヘンリー6世パート3」のプロットを発展、展開する形で書かれた、「第一・4部作」の最終章となる「リチャード3世」を始めとした一連の作品群と、ストレンジズ・メンあるいはペンブロークス・メンとの深い関係です。その作品群とは、「リチャード3世」のほか、「タイタス・アンドロニカス」、*The Taming of a Shrew*（原題）を指します。この三つの芝居の成立過程と初演時期、上演した劇団、その後の台本の移動などの流れを要約すると次のようになります。

「リチャード3世」

一五九七年Q1出版。表紙には「ロード・チェンバレン閣下の僕によって最近演じられた通り」とあります。このQ1の性格、出自については明確な合意ができていませんが、推定の執筆、初演時期は一五九一～九二年にほぼ落ち着いています。[*4] ストレンジズ・メン／アドミラルズ・メンの合同劇団が初演を果たしたか、あるいはストレンジズ・メンのために書かれたのち、ペンブロークス・メンが上演したという可能性が指摘されています。

「タイタス・アンドロニカス」

ストレンジズ・メンによる上演（年月不明。一五九四年出版のQ版の表紙には、ダービーズ・メン〈ストレンジズ・メンの別名〉、ペンブロークス・メン、サセックス・メンの順に上演されたと記されています）→一五九四年一月、薔薇座でサセックス・メンによって上演（ヘンズローによる日誌への書き込みはne Titus & Ondronicous）→同年六月、アドミラルズ・メン／ロード・チェンバレンズ・メンが合同で上演。場所はテムズ河南のニューイントン・バッツ座。以降、「タイタス・アンドロニカス」の版権はロード・チェンバレンズ・メンのものとなる→F1の「タイタス・アンドロニカス」として出版。

The Taming of a Shrew ＊「じゃじゃ馬馴らし」*The Taming of the Shrew* と深い関係にあるが別の芝居

一五九四年六月、このときニューイントン・バッツ座でロンドン・デビューを果たしたロード・チェンバレンズ・メンとアドミラルズ・メンとの合同公演の形で、*The Taming of a Shrew*が上演されています。しかし、一五九四年出版のQ1版（六月に書籍出版業組合記録に登録）の表紙には、ペンブロークス・メンによって上演されたと明記されています。

*A Shrew*と*The Shrew*の二つの劇の関係が解明されていない現状で明確なことはいえません。しかし、一五九四〜九五年に出版されたペンブロークス・メンのレパートリーに入っていた芝居（「ヨーク・ランカスター家」「ヨーク公爵の本当の悲劇」「タイタス・アンドロニカス」「リチャー

ド3世」？）の推定執筆時期から類推して、一五九一〜九三年が妥当と考えられています。

興味深いのは、ロンドン演劇界でデビューを果たした直後に書かれたシェイクスピアの作品の多くが、何らかの形でストレンジズ・メンとペンブロークス・メンとの接点を持っていることです。これは偶然とは考えられません。シェイクスピアが一五九〇〜九三年、あるいは八〇年代後半にまでさかのぼって、この二つの劇団のいずれかの「団員」であったと断定することに対しては慎重になるべきだと考えますが[*5]、少なくとも一五九〇〜九二年の時期、シェイクスピアがストレンジズ・メンとペンブロークス・メンのために精力的に劇を書いていたことは否定できないでしょう。シェイクスピアは役者としてキャリアをスタートさせたといわれていますが、これらの劇団に役者として参加したという痕跡は残念ながら残っていません。

エリザベス朝の劇作家は、基本的に劇団と値段を交渉して単作を書き、売ったので、作品の「版権」には興味もなかったし、また提供した台本に対する権利は一切持ちませんでした。「ブック」と呼ばれた上演台本は、あくまでも劇団の所有物でした。そのため、劇団同士が上演台本を売り買いすることはかなり頻繁に行なわれていたようで、戯曲が一つの劇団にとどまるというのは、少なくとも一五九〇年代始めまでは決して当たり前のことではありませんでした。

一例をあげると、クリストファー・マーローの「マルタ島のユダヤ人」（初演劇団は不明）は、ストレンジズ・メン、サセックス・メン、クイーンズ・メンと渡り歩き、最終的にはヘンズローの資本のもとに活動したアドミラルズ・メンのもとに落ち着きました。こうした事情を考慮すれば、一人の劇作家の作品が一つの劇団に長期に渡ってとどまるというのは、まれな現象といってよいでしょう。しかし、シェイクスピアがストレンジズ・メン／ペンブロークス・メンのために書いた作品には、それが起こっているのです。

これとは対照的に、例えば、Q版の表紙からペンブロークス・メンのレパートリーに属していたことが確認されているマーローの「エドワード2世」は、ペンブロークス・メン破綻後に外部に流失し、時間を経て結局「アン女王の役者たち」の所属に帰しました。

ある程度の紆余曲折はあれ、結局、ヘンリー6世3部作、「タイタス・アンドロニカス」、「リチャード3世」、*The Taming of a/the Shrew*、これらすべてが、一五九四年に設立されたロード・チェンバレンズ・メンの手に渡り、以後カンパニーの所有物として保管され、最終的に一六二三年のF1に収録されました。

ストレンジズ・メンの構成員が、ロード・チェンバレンズ・メンの母体となったことを考えれば、これはある程度自然なことかもしれません。しかし、一人の劇作家の作品を散逸させないという方針は、劇団の利益と必ずしも一致しません。むしろ、積極的に台本を売買してレパートリーを常に活性化することとの方が、劇団あるいは経営者の知恵といえるでしょう。

作品の散逸を嫌うがゆえに、たとえ作品が移動するにしても関係の深い劇団に移動させることに関心があり、しかもそれができる人間がいるとしたら、当該の劇団にごく近く、戯曲の転出や転入に発言力のある人間以外にあり得ません。ストレンジズ・メンもしくはペンブロークス・メンの内部、あるいは近くに常にいて、最終的にはロード・チェンバレンズ・メンへ移動した可能性のある顔ぶれを考えると、最初にシェイクスピアの存在が浮かび上がります。というより、ほかに条件を満たす候補がいません。シェイクスピアが自分の作品の出版にまったく無関心であったという「神話」はすでに崩れています。シェイクスピアが自分の作品の散逸に無関心であったという仮定も、もう一つの「神話」として葬られていいのかもしれません。

ストレンジズ・メンとロード・チェンバレンズ・メンの連続性は、このテキストのスムースな移行を保証する上で不可欠な要素です。前述したように、一五九三年の時点で、ケンプ、ブライアン、ポープ、フィリップス、ヘミングズ、カウリーら、一五九四年設立時のロード・チェンバレンズ・メン幹部がストレンジズ・メンに在籍していたことは、資料の上でも確かなことです。*6

一五九八年出版のベン・ジョンソン作「十人十色」に添えられたロード・チェンバレンズ・メンの幹部役者のリストには、次の名前が記されています。これがロード・チェンバレンズ・メン創設時のメンバーに一番近いものと考えられています。

ウィリアム・シェイクスピア　　リチャード・バーベッジ
オーガスティン・フィリップス＊　　ジョン・ヘミングズ＊
ヘンリー・コンデル　　トマス・ポープ＊

ウィリアム・スライ　　クリストファー・ビートソン
ウィリアム・ケンプ＊　　ジョン・デューク

＊をつけたのはストレンジズ・メンから移籍した役者です。ストレンジズ・メンからさらにカウリーとブライアンが移籍したことは、二人の名前がF１におけるロード・チェンバレンズ・メン／キングズ・メン（スチュアート朝の同劇団の名称）の「主要役者の名前」に載っていることからも確実です。

ストレンジズ・メンからロード・チェンバレンズ・メンへの移行は、記録からも裏づけが可能です。一五九四年四月にストレンジズ・メンのパトロンであるファーディナンドが死去します。これを受けて、当時地方巡業中だった劇団は、ウィンチェスターでその名前を「ダービー伯爵妃の役者」と記録されています。つまり夫の死のあと、妻であるダービー伯爵妃が劇団の仮のパトロネスとなったことがわかります。

同年六月、ロード・チェンバレンズ・メンはロンドンで「タイタス・アンドロニカス」「ハムレット」（「原ハムレット」と呼ばれているもので、トマス・キッドが著者として候補にあげられていますが、事実は不明）、*The Taming of a Shrew* などをアドミラルズ・メンと合同で上演し、輝かしいその歴史の第一歩を踏み出しました。ロード・チェンバレンズ・メンとアドミラルズ・メンの二大劇団による、アンドリュー・ガー呼ぶところの「デュオポリー」（duopoly）時代の幕開けです。[*7]

これ以後、枢密院とロンドン市議会の調整によって、ロンドン市内で常設小屋を持つ許可は長い間この二つの劇団にしか与えられませんでした。パトロンを失ったストレンジズ・メンは新しいパトロンを捜した結果、当時ロード・チェンバレン（宮内府侍従卿）であったハンスドン卿ヘンリー・ケイリーが彼らを受け入れ、パトロンとなりました。以後、ストレンジズ・メンは地方巡業に専念する小劇団に縮小されます。そしてハンスドン卿の庇護のもと、シェイクスピア、バーベッジ、ケンプなど、新しいエリザベス朝演劇の飛躍を担うタレントたちが、ロード・チェンバレンズ・メンを名乗ってロンドンで産声を上げたわけです。

ストレンジズ・メンとロード・チェンバレンズ・メンの絆を窺わせるエピソードが残っています。ロード・チェンバレンズ・メンは結局、ジェームズ・バーベッジの経営するザ・シアターに居を構えることになりましたが、設立の時点で常設小屋を持たなかったようです。そこでパトロンのハンスドン卿は、ロンドン市長宛の書簡の中で冬のシーズン、ロンドン市内の宿屋クロス・キーズでロード・チェンバレンズ・メンが公演できるようにとの要望書を出しています。

クロス・キーズは、遠くランカスターの地からロンドンに進出したストレンジズ・メンの最初の拠点です。ハンスドン卿が自ら選んでこの場所を名指ししたとは考えにくいので、クロス・キーズを「オールド・ホーム」と感じていたストレンジズ・メン古参メンバーの進言があったと思われます。

一五九四〜九五年のクリスマスから新年にかけて、慶賀のエンターテインメントのため、新参のロード・チェンバレンズ・メンは二回の公演を許されています。報酬の受取人にケンプ、リチャード・バーベッジ、そしてウィリアム・シェイクスピアの名前があります。これは、シェイクスピアの名前がロンドンおよび宮廷の公の文献に顔を出した最初の記録です。

ここまではシェイクスピアとストレンジズ・メンの関係を通して、若い劇作家シェイクスピアの初期の軌跡を模索しました。次にもう一つの道、すなわちシェイクスピアとスタンリー家の直接、間接的な関係を資料や記録から明らかにしていきましょう。シェイクスピアの「スタンリー・コネクション」の解明です。

まずここで、多くの研究者の地道な資料発掘、検索の努力に敬意を表わしたいと思います。彼らの仕事のお陰で、この未知の扉の前にやっと立つことができたわけですから。ただ憂慮すべきは、最近の「ランカスターのシェイクスピア」研究が、ともすればシェイクスピア隠れカトリック説や、あるいは「中央」であるロンドンに対抗する「周辺」という視点からの、ランカスター地方発の「北方のシェイクスピア」といったアプローチにしばしばハイジャックされ、一種の地方文化イデオロギー論争の具となってしまっている事実です。

イギリス・ミッドランドのワリックシャーに生まれ、イギリス南部ロンドンで活躍したシェイクスピアのイメージを、北イングランドの地域文化、マイノリティーとしてのカトリックの視点から焼き直し、伝統的「官製」シェイクスピア像を書き換えようとする態度には、政治的、宗教的アジェンダの匂いがつきまといます。本書で展開する「スタンリー・コネクション」解明の努力は、そうした偏向とはまったく無縁であることを最初に述べておきます。

「スタンリー・コネクション」に登場するランカシャーは、まぎれもなく反英国教会、隠れカトリシズムの一大拠点です。しかしそれを明らかにすることと、シェイクスピアが実は隠れカトリックであったと主張することは、まったく次元が異なるはずです。ストラットフォードのグラマースクール教育を唯一の知的財産とする一人の青年が、新しいドラマの形成という実験を行なう学校の観を呈していたストレンジズ・メンというダイナミックな環境に、いかなる過程を経て地歩を築いたか、筆者の興味はその一点に尽きるのです。

アレグザンダー・ホートンの下僕「シェイクシャフト」

出発点となるのは、やはりランカスター地方リー在住のアレグザンダー・ホートンによる、一五八一年八月三日付の遺書でしょう。遺書のなかでホートンは、家にある芝居の衣装と楽器をすべて弟のトマスへ、もしトマスが兄から役者を受け継ぐことを好まなかった場合は友人のトマス・ヘスケスに残すと記し、さらにこう続けます。

「今、私の家に仕えているフルク・ギヨームとウィリアム・シェイクシャフト（*William Shakeshafte*）の面倒を見て、従僕として雇用するか、よい主人に推薦してくれるよう（そうしてくれると信じているが）、前述したサー・トマスにひとえに求めるものである」

シェイクスピアの「スタンリー・コネクション」は、この「ウィリアム・シェイクシャフト」が当時十七歳のウィリアム・シェイクスピアであるという仮定からまず出発します。名前が違うのでは、という疑問が当然出ることでしょう。しかし、シェイクスピアの祖父リチャードは記録の上で*Shakestaff*あるいは*Shakeschafte*の名前でも知られており、シェイクスピアの名前が*Shakeshafte*と記述されることはまったくありえないことではないのです。

ちなみに、劇作家トマス・デッカーが風刺劇「サティロマスティクス」の中でシェイクスピアを揶揄したと考えられるキャラクターの名前は、「アダム・プリックシャフト」（Adam Prickshaft）でした。[*8] ここで働いているのは、男根の連想を含む二語「speare（槍）／shaft（棒）」の音声上、スペリング上の類似性です。この連想ゆえ、*Shakespeare*が*Shakeshaft*に化けることは突拍子もないことではありません。

さらに、「シェイクスピア」という姓はエリザベス朝時代のランカシャーでは比較的珍しい名前です。「シェイクスピア」が、イングランド北方でより馴染みのある「シェイクシャフト」に読み替えられた可能性も否定できません。

また、何らかの理由（ティーネイジャーのシェイクスピアと年上の女性アン・ハサウェイとの間に発生した性的スキャンダルのためか、あるいはシェイクスピアがカトリック信者であったことを隠すためか）によって、あえて偽名を使った可能性もあります。

特に口承文化の伝統が圧倒的な支配力を持っていた当時のイングランド地方部では、固有名詞の綴りはまったく固定されておらず、しかも多くの召使いを抱え、彼らを日頃ファーストネームで呼び習わしていた主人が、十七歳の下僕の姓を正確に記憶していなかったとしても何ら不自然ではありません。

とはいえ、この「シェイクシャフト」がシェイクスピアのことを指すと断定するには、それなりの資料上の裏づけがなくてはなりません。

それにしてもなぜ遠いランカシャーへ、という疑問は残ります。ストラットフォードとランカシャーを結ぶ一つの接点は羊毛産業です。ストラットフォードのあるイギリスのミッドランドは伝統的に羊毛産業の盛んなところで、原料となる羊毛をランカシャーに代表される、気候的に牧羊に適した北方地帯から得ていました。若き日のシェイクスピアが学んだストラットフォードのグラマースクールに在職した教師五人のうち、三人がランカシャー出身です。若いウィリアムは羊の道を北上したのかもしれません。

まず、ストラットフォードのグラマースクールで一五七九年から一五八一年（一五八二年の説も）まで教師を務めたジョン・コタムが大きな役割を担います。彼はランカシャーの生まれで、ストラットフォードの学校を去ったあと故郷のターナカーに戻り一生を終えました。

ターナカーとホートン家のあるリーとの距離はごく近く、十マイルほどです。ホートン家とコタム家の間には何かしらの交流があったと考えられます。アレグザンダー・ホートンの遺書に記された遺産受取人のなかに「ジョン・コタム」の名前が見出せますが、これがストラットフォードの教師だったジョン・コタムと同一人物であるか否かは確認できていません。

あり得るシナリオは、ジョン・コタムがストラットフォード時代の教え子であるウィリアムを故郷の近隣の名士アレグザンダー・ホートンに紹介し、ウィリアムはホートン家で下僕、ときに役者として奉公したというものです。しかし、なぜよりによって北部の辺境の地に若いシェイクスピアは送られたのでしょう。この疑問に答えることは今後もおそらく難しいでしょうが、参考までに、ティーネイジャーのシェイクスピアと年上のアン・ハサウェイとの仲がすでにストラットフォードで噂となり、それを嫌った両親が息子を遠くランカシャーへ送るよう画策したという推測があることをつけ加えておきます。

トマス・ヘスケスはアレグザンダー・ホートンの遺志に従って、少なくともフルク・ギヨームを下僕として受け入れたようです。*REED* (*Record of Early English Drama*) によれば、フルク・ギヨームはヘスケス家に役者兼ミュージシャンとして少なくとも一五九一年の時点で奉公していたようです。*9 シェイクスピア、あるいはシェイクシャフトの名前は残念ながら記録には現われません。従って一五八一年八月以降、トマス・ヘスケスが抱えていた小さな芸人・役者の集団にシェイクスピアが入っていたかどうかはわかりません。

このトマス・ヘスケスという人物は、シェイクスピアの「スタンリー・コネクション」において重要な役割を担います。ヘスケス家はランカシャー地方ラフォードの富豪かつ名士で、ランカシャー地方を事実上支配したスタンリー家とは深い関係にありました。事実、ここで話題にしているトマスの長男ロバートは、スタンリー家の当主ヘンリーの従妹であるメアリ・スタンリーと結婚しています。*10

アレグザンダー・ホートンの遺書が執行された一五八一年、トマス・ヘスケスは隠れカトリックの嫌疑で一時投獄されました。これがシェイクスピアとギヨームをヘスケス家が受け入れる上で、障害となったかはわかりません。この時点でシェイクスピアがスタンリー家に接近し、時間の経過とともにストレンジズ・メンの構成員となったと考えることもできますが、可能性以上のものではありません。いったんヘスケス家の世話になり、主人トマスの口利きでスタンリー家に出入りを許されたと考える方が、無理がないかもしれません。

トマス・ヘスケスは、アレグザンダー・ホートンの遺書からもわかるように、芝居や音楽に理解があり、進んで才能のある召使いを集めたようです。それと同時に、彼ら「役者」を連れて積極的に近隣の郷士、貴族とつきあったようです。その代表が、レイサムやノーズリーに居を構えるスタンリー家でした。

例えば、一五八七年十二月二十七〜三十日にかけて、クリスマス・新年のお祝いの一環として、ヘスケスと彼の「役者」がノーズリーを訪れています。ゲストの中には「ホートンのホートン氏」の名も見えます。この日のノーズリーの家事日誌に残された記述は曖昧で、“on Saturday Sir Thomas Hesketh players went away”とあります。“Sir Thomas Hesketh and players” あるいは “Sir Thomas Hesketh's players” のどちらとも読めます。

しかし当時の所有格“s”の記述の慣習から、後者つまりヘスケス家の役者が主人に伴われて来訪し、この日に去ったと解釈することが現在では一般的です。[*11] 記録に残っていないこうした来訪は他にもあったと想像されるので、「ヘスケス家の役者」の一員であるシェイクスピアが、こうしたスタンリー家への出入りが縁となり、ダービーズ・メン／ストレンジズ・メンにリクルートされた可能性も否定できません。

また、スタンリー家の別の邸宅があるレイサムの家事記録によると、一五八八〜八九年のクリスマス・新年シーズンに次の記述が見られます。「火曜日（中略）夜ホールで芝居が演じられ、同夜ストレンジ卿がお帰りになる。（中略）金曜日にヘスケス氏（中略）来たる」。このストレンジ卿とはファーディナンドのことです。祝賀の目的ではるばるロンドンから戻ってきたファーディナンドに挨拶するため、近隣の有力者が集まり、そのなかにトマス・ヘスケスがいたということでしょう。

このとき芝居を演じたのは多分ストレンジズ・メンか、主人のために一時的に戻った劇団のグループだったのかもしれません。少なくとも、ヘスケスの役者たちではなかったでしょう。ここに、すでにシェイクスピアが役者として加わっていたとしたら魅力的なシナリオですが、単なる願望の域を出ません。

いずれにせよ、トマス・ヘスケスは一五八八年六月に死去したので、それまでシェイクスピアがヘスケス家に仕えていたと仮定すると、アレグザンダー・ホートンがしたように、このとき才能を開花し始めていたシェイクスピアをトマス・ヘスケスがファーディナンドに推薦し、シェイクスピアは晴れてストレンジズ・メンのメンバーとなった、というシナリオを書くことができます。無論、この移動がサー・トマスの存命中に起こったことを否定するわけではありません。

これと同じ一五八八〜八九年のクリスマス・シーズンの記録によると、ゲストの中にジョン・サヴェッジという人物の名前が見えます。火曜日にレイサム・ハウスに到着し、芝居を観て、その晩に帰ってきたストレンジ卿と会ったはずです。このサー・ジョン・サヴェッジは、初代ダービー伯爵トマス・スタンリーの妹の末裔であると考えられています。[*12]

非嫡出子の家系とはいえ、スタンリー家に自由に出入りしていたようで、関係は良好であったようです。この人物が興味を引くのは、トマス・サヴェッジという人物とのかかわりです。一五九九年のグローブ座建設の折、シェイクスピアと同僚がグローブ座の建設地を取得する際の財産受託者（管財人、英語では trustee）となったのがトマス・サヴェッジという人物で、彼はランカシャーのラフォード、つまりヘスケス家の村の出身者なのです。

このトマス・サヴェッジは、自らの遺書の中で母をジャネット・サヴェッジと記しています。ランカスター郡のクロストンという村にある教会の記録によると、一五五二年にジェフリー・サヴェッジなる人物がジャネット・ヘスケスという女性と結婚しました。この女性がトマス・サヴェッジの母親なら、トマスは婚姻上ヘスケス家と関係があったことになります。[*13]これは単なる偶然では片づけられないでしょう。トマス・サヴェッジは当時台頭した新しいタイプのいわばヴェンチャー資本家・ビジネスマンで、シェイクスピアと同じように積極的に土地買収へ資本を投入しました。グローブ座はこうした若い起業家の集団による投機事業の性格も持っていたのです。

問題は、このトマス・サヴェッジとスタンリー家に出入りしていたジョン・サヴェッジの関係です。「サヴェッジ」はさほど珍しい名字ではないので、それだけで二人の間に血縁関係を認めることはできません。しかし同じランカシャー、しかも一方はスタンリー家の血縁を引き、一五八〇年代に頻繁にスタンリー家のレイサム・ハウスに出入りしたサヴェッジを名乗る人物と、ヘスケスと同じくラフォードに住み、シェイクスピアとビジネス上の交友があったサヴェッジを名乗る人物の間に、何らかの関係があったと考えることは無謀ではないでしょう。

この二人のサヴェッジのアイデンティティーの問題は、さらなる資料が出現しない限りこれ以上前には進めません。しかし、これまで述べてきた「スタンリー・コネクション」というパズルの一つのピースであると言えるでしょう。

Dictionary of National Biography（*DNB*）の*Savage*の項目には、中世まで先祖を遡ることのできる旧家の家系がいくつか載っています。その中でも興味を引かれるのが、十四世紀のチェシャイアに源を持つサヴェッジ一族です。チェシャイアはランカシャーに南接し、さらに南のシュロップシャーとともにエリザベス朝時代、スタンリー家の影響下にあった地域です。ちなみにファーディナンドはチェシャイアの総督も兼ねていました。

このチェシャイア出身のサヴェッジ家とスタンリー家の関係は、十五世紀の薔薇戦争の時代まで遡ることができます。第四代サー・ジョン・サヴェッジは、トマス・スタンリーの代理人としてチェシャイアのホルトンの監督を任され、トマスの娘キャサリンと結婚して、庇護者と仰いでいたスタンリー家にさらに接近しました。第五代サー・ジョン・サヴェッジは、亡命中のリッチモンド（のちのヘンリー7世）に兵を率いてイングランドへ戻るよう説得した人々の一人で、ホリンシェッド年代記にもあるように、ボズワースの戦いではリッチモンド軍の左翼を統率した人物です。

その後、スタンリー家との関係は土地の問題が原因で悪化し、結局、後ろ盾を失ったサヴェッジ家はチェシャイアの利権を失うことになります。*DNB* のこのサヴェッジ家の項目は、一五九七年に死んだジョン・サヴェッジで終っており、彼は「優れたエリザベス朝のジェントルメンになった」という一文で閉じられています。このジョン・サヴェッジがレイサムのスタンリー家に出入りしていたジョン・サヴェッジかは、確かめるすべもありません。

ただし、年齢的には一五八八年のクリスマス・シーズンに存命していて、ランカシャーあるいはチェシャイア地域に住む「優れたエリザベス朝のジェントルメン」としてスタンリー家に招かれる条件を満たす点だけに限れば、同一人物であってもおかしくありません。

一五八八年代にランカシャーのレイサムに出入りしていたジョン・サヴェッジが、もし薔薇戦争にまで遡ってスタンリー家と縁があったなら、ストレンジズ・メンの周辺、あるいは内部にいたシェイクスピアが、そのスタンリー家を通じてヘスケス家と同郷でかつ親戚のサヴェッジ一族の一人トマスと接触し、ロンドンでビジネス上の協力を仰いだとしても不思議はないでしょう。

これまでに判明しているシェイクスピアの「スタンリー・コネクション」を踏まえて判断できることは、一五八〇年後半から一五九〇年あたりまで、シェイクスピアがストレンジズ・メンの一員になる機会は常にあったという事実です。ですから、この時期に彼がそうしなかったというはっきりした否定的証拠がない限り、おそらくヘスケス家経由でシェイクスピアがストレンジズ・メンと何らかの形で接触し、ストレンジズ・メンのロンドンおよび宮廷への進出とあわせて行動したとするシナリオは大いに説得力を持ちます。これは、一五九〇〜九一年頃にヘンリー6世3部作をストレンジズ・メンのために書いたという仮定とも矛盾しません。

とはいえ、すべては「シェイクスピア＝シェイクシャフト」という前提から始まった推論の連鎖であることは認めねばなりませんが。

ストレンジズ・メン――新しいドラマの実験工房

しかしながら、「スタンリー・コネクション」と、そこから導かれるシェイクスピアとストレンジズ・メンの深い関係は、一五八〇年後半に起きたエリザベス朝演劇における革命の真っ只中にシェイクスピアを置くこととなり、若いシェイクスピアがドラマティストとして驚異的成長を見せる経緯を、いくばくかでも説明してくれます。

エリザベス朝演劇はいくつかのターニング・ポイントごとに変革されました。一五八三年に女王陛下の僕として作られたクイーンズ・メンは、以後十年以上にわたってエリザベス朝演劇の性格を決定づけました。まだ基盤の脆弱なプロテスタンティズムを強固なものにし、スペインに代表される外国の脅威に対抗する愛国心を鼓舞するため、年代記に題材をとった歴史劇をレパートリーの中心に据えたクイーンズ・メンの出し物は、枢密院の「官製」プロパガンダの目的に沿った簡素で、実直で、飾らぬ、物語性の強いものでした。

「バラッド・ミーター」と呼ばれる、民謡などに多用された韻律を基本的に受け継ぐ詩型を用い、行末に韻をふんだんに使った台詞のスタイルは、題材の教訓臭や説教調に拍車をかけこそすれ、エキサイティングなアクションと中世以来の騎士ロマンスを求める観客を満足させるものではありませんでした。

そこに彗星のように現われたのが詩人で劇作家のクリストファー・マーローであり、彼の力強い、躍動美に満ちたブランク・ヴァース（無韻詩）の魅惑です。マーローはクイーンズ・メンの旧式なスタイルを「お里の歌の節回し」と嘲笑し、「タンバレイン・パート1&2」でエリザベス朝演劇の進むべき道を鮮やかに指し示しました。いったん「タンバレイン」の挑発的ともとれるレトリックと華やかなイメージに彩られた異国の世界のドラマに触れた観客にとって、クイーンズ・メンの出し物が過去のものとなるのは時間の問題でした。

ストレンジズ・メンはまさにこの新しいドラマの萌芽を生んだ一大中心地であり、大きな変革の震源地でした。マーロー、ピール、ロッジ、グリーンなど、オックスフォードやケンブリッジの学士号を持つ若い作家が、ローマ古典劇や同時代のヨーロッパ演劇の動向を積極的にとり入れ、ブランク・ヴァースという強力な言語媒体を通じて行なった創作活動は、ロンドンの常設劇場の急増とあいまって、新しいエンターテインメントを市民へ比較的安価に提供しました。これにより、「芝居を観にいく」という行為が、ロンドン市民の生活にとって文化の一部となったのです。

新しい職業である「劇作家」たちが、劇団と直接交渉して芝居の値段を決め、自由競争の本能にまかせるままに個人で、あるいは複数で書くという商業環境が生まれたのです。ストレンジズ・メンの中に、あるいはごく近くにいるということは、こうしたダイナミックでエキサイティングな実験工房の喧噪の中に身を置くことを意味しました。地方出身の、グラマースクール教育しか知らない若いシェイクスピアにとって、これ以上の修行の場所、学校があったでしょうか。

この時期の劇には作家を問わず、ある共通した「イディオム」のようなものが感じられます。つまり一個人単独の発想、構想を超え、リアルタイムで形成されつつあるブランク・ヴァースのリズムやフレージングをほとんどの劇作家が共有しているのです。現在の目から見れば「借用」「盗作」といわれても仕方のない行為が日常茶飯事のように起きたのも、見方を変えれば、それだけこの改革の潮に乗った若い作家たちが同じ「スクール」で切磋琢磨していたがゆえのことでしょう。

例えば、シェイクスピアの「ヘンリー6世パート1」には、間違いなく他のドラマティストとの共作である形跡が残されています。しかし、どの箇所をピールが、あるいはナッシュが書いたか、どの箇所をシェイクスピアが書いたかを見極めることは、きわめて難しいものがあります。これは若き日のシェイクスピアが、周囲の先輩ドラマティストが生み出したスタイルを模倣するのに夢中で、むしろ手の違いを見破られないよう苦心した結果と考えれば、この作品は大いに「成功」しているといってよいでしょう。

スタンリー家とシェイクスピア

仮にシェイクスピアがスタンリー家をパトロンとするストレンジズ・メンのため、少なくとも一五九〇〜九一年頃に積極的に作品を書いていたとします。その場合、パトロンの先祖が実際に登場する薔薇戦争という歴史上の事件を扱った一連の劇で、スタンリー家に敬意を表するため台本に何らかの工夫や脚色を施した可能性はあるのでしょうか。

これは難しい問題です。少なくともプロの劇作家が貴族をパトロンとする劇団のために芝居を書くということが始まった一五八〇年代から一五九〇年代初期にかけて、パトロンを意識して史実を脚色することが慣習として定着していたとは言い難いものがあります。パトロン、あるいは将来パトロンとなってもらうことを願う貴族に向けた長い献辞を、劇の出版時に表紙に掲げるようになるのはもっとあとになってからのことです。

一方、演劇が次第に社会に認められ、多くの観客を動員できるようになるにつれて、演劇の政治的影響力にエリザベスや有力貴族が目をつけたことも事実です。ウォルジンガムがクイーンズ・メンを創設した動機は多分に政治的なものであり、「女王陛下の僕」という究極のお墨つきを得たクイーンズ・メンはイギリス全土をほとんどくまなく巡業して、劇という新しい媒体を通じて政府の政策や方針のプロパガンダを行なったことは否定できません。*14

他方、地方自治体はむろんのこと、中世以来続く有力地方貴族の領内さえも出入りが自由だったクイーンズ・メンは、政府の貴重な諜報機関として機能していたようです。事実、カトリシズムの巣窟と考えられていたランカシャー地方を独自のスパイ網で監視していたウィリアム・セシルは、スタンリー家のレイサム、ノーズリーを訪れたクイーンズ・メンやレスターズ・メンから情報を得ていたようです。

演劇が急激に政治的、宗教的プロパガンダの道具になりつつあることは諸刃の剣でした。国内の不満分子や、ローマやスペインに代表される海外の敵対勢力に通ずる者が、劇を通じて反政府プロパガンダを行なうことにエリザベスはことさら神経をとがらせました。出版物や演劇の検閲という影響力を一手に握っていた宮廷祝典長は、性的にきわどい表現には比較的寛容でしたが、こと政治、宗教に関する行き過ぎた発言に対しては非常に厳格に取り締まりを行ないました。

政治のテーマ、特に力による王権強奪という、子どものいないエリザベスの治下できわめて現実味のある問題に触れることがいかに危険であるかを、シェイクスピアとロード・チェンバレンズ・メンのメンバーが肌身で感じた事件があります。一六〇一年に発生したエセックス伯爵のクーデターです。

王権交代をも辞さない姿勢のエセックス伯爵の同調者たちはクーデターの前日、グローブ座でシェイクスピアの「リチャード2世」を特別に上演させました。この芝居の中で、リチャード2世はヘンリー・ボーリンブローク（のちのヘンリー4世）に王座を譲ることを強要され、しかもポンフレット城で刺客によって暗殺されます。

エセックス伯爵一党は、この芝居をかけることでロンドン市民に政府転覆の正当性を主張しようという、はなはだナイーブな期待を持っていました。しかしクーデターは失敗し、エセックスらは捕えられ、処刑されました。女王は「私はリチャード2世、知らなかった？」という有名なコメントを後日残しています。

ロード・チェンバレンズ・メンの事実上のマネージャー兼プロデューサーであったオーガスティン・フィリップスは当局に即刻呼び出され、顛末の調査書をとられて無事放免となりました。が、一つ間違えばクーデターに力を貸したかどで、劇団幹部（シェイクスピア自身も含めて）にまで罰が及ぶこともあり得たのです。事実、政治風刺劇「犬の島」をめぐるごたごたで、劇作家ベン・ジョンソンは牢屋に収監されました。劇中の政治的、風刺的発言は、潜在的に劇団や劇作家の命とりとなる危険をはらんでいたのです。

以上のことを鑑みると、いくら劇団のパトロンだからといって、むやみにスタンリー家の歴史上の人物にスポットライトをあてることは得策ではありません。ヘンリー6世3部作とそれに続く「リチャード3世」で、薔薇戦争に登場するスタンリー家の人々をとりあげることはかなりリスキーな行為だったはずです。ましてや、隠れカトリック信者の巣窟とまでいわれたランカシャー地方の事実上の支配者であり、密かに大陸に逃れ、イエズス会士となった罪人を近親者に抱えるスタンリー家と中央政府の関係は、微妙なものがありました。

さらにこの頃、母であるマーガレットの血筋から英国王の継承権を譲り受けたファーディナンドに、スペイン王の命を受けたイエズス会士リチャード・ヘスケスなる人物（あのトマス・ヘスケスの縁者）が接近し、エリザベスから王権を奪うよう説得を試みました。ファーディナンドはすぐにこれを報告し、リチャード・ヘスケスは処刑されました。ファーディナンドが父の死を受けダービー伯爵となった一五九三年のことです。

この最後の事件は、ヘンリー6世劇成立に影響を及ぼすには時期が遅すぎますが、一五九三〜九四年の宮廷での新年慶賀の祝いに、ストレンジズ・メンとペンブロークス・メンが招かれなかった不可解な一件と無関係ではないかもしれません。

いずれにせよ、ファーディナンドの置かれた立場は実に不安定で、スタンリー家に肩入れするあまり、シェイクスピアが自作で手放しにスタンリー家を礼讃できる環境が整っていたとは言い難いのです。

さらに、ファーディナンドの母マーガレット（ちなみに隠れカトリックであったと考えられています）[*15]が引き起こした、「魔法占い」のスキャンダルがあります。マーガレットが魔法の力を借りて、女王が長生きするかどうか占いをたてさせたという疑惑で、多くの共犯者が捕えられ、処刑されました。以後、マーガレットは事実上自宅謹慎を命ぜられ、夫ヘンリーも彼女から距離を置くようになるとともに、ファーディナンドも同じ態度をとりました。これらはすべて、ヘンリー6世劇が書かれる以前のことです。

この事件は想像以上にエリザベスにとって不快なものだったようで、一五八一年には「煽動的言辞と流言禁止法」という名の法律を成立させ、予言、魔法、占星術、その他の方法で女王の寿命や死後の後継者を占うことを違法行為として禁じました。

奇妙な符合は、こうした国王の将来についての占いという禁じられた行為を、「ヘンリー6世パート2」の中でグロスター公爵夫人エレノー・コブハムが行なっていることです。母とほぼ同じ犯罪を行なったエレノーが弾劾され、遠いマン島に流されるエピソードに、ファーディナンドはどう反応したのでしょうか。シェイクスピアは意図的に、エレノーの悪魔占いをマーガレット事件と重ねあわせようとしたのでしょうか。

エレノー・コブハム事件はシェイクスピアの捏造ではありません。ホール、ホリンシェッド年代記の記述によると、エレノーは魔術の知識を持つ者の力を借りて国王ヘンリーの寿命を占おうとし、その罪で裁かれた末、トマス・スタンリーの手に預けられてマン島への流刑に処せられています。グロスター公爵失脚のプロローグとなるこのエピソードは、魔法による占いと悪魔が舞台上に出現するというセンセーショナルな要素もあり、劇の成功のためには外すことのできないものです。

一方、このエピソードを「ヘンリー6世パート2」に組み入れることは、一五八一年の法令に照らしてエレノー／マーガレットの罪を再確認することを意味しており、同時にパトロンであるファーディナンド、あるいは父ヘンリーのマーガレットに対する距離をエリザベスに強調し、恭順の態度を示す方便でもありました。

同時に、エレノー・コブハム警備の責任者となったスタンリー家の祖先ジョン・スタンリー（歴史的にはトマス・スタンリーが正しい名前です）をさりげなく2幕4場に挿入し、中立ながらエレノーに気配りする人物として描くことで、シェイクスピアがヘンリーやファーディナンドの私的な気持ちに配慮したと考えることもできるのです。

「ヘンリー6世パート3」にはスタンリー家の歴史上の人物が一ヶ所だけ現われます。それが4幕5場で、ワリック伯爵の手によって一時捕えられていたエドワードを、狩りの途中で弟のリチャードらが救い出します。年代記は誰がエドワードを救出したかについて名前をあげていません。しかし、シェイクスピアは首謀者にリチャード（のちのリチャード3世）を据え、さらにヘイスティングズ卿とウィリアム・スタンリーを共謀者として登場させています。

スタンリーは台詞のない、いわゆる「黙り役」です。すでにシェイクスアピの頭の中には次作「リチャード3世」の構想があったようで、ヘイスティングズもウィリアム・スタンリーも、この次作で重要な脇役としてリチャードのそばで行動します（ただしそれはトマス・スタンリーで、ウィリアムではありませんが）。[*16]「黙り役」の役者を組み入れることは、役者の人数が限られ、ただでさえ役のダブリング（掛け持ち）が多い中、さらに不必要なダブリングを強いることになるため、劇団にとって決してうれしいことではありません。

事実、4幕5場にスタンリーが登場しなくても何の不都合もありません。ことによれば、実際の上演で4幕5場のスタンリーはカットされていたかもしれません（「ヨーク公爵の本当の悲劇」ではカットされていませんが）。ここであえてウィリアム・スタンリーを登場させたのは、やはり「リチャード3世」にスタンリーを登場させるための配慮としか考えられません。

一転して「リチャード3世」では、初代ダービー伯爵となるトマス・スタンリーが活躍します。これは史実に基づいたことによって、トマス・スタンリーの役割が重要になったことが主な原因です。歴史上のスタンリー家の当主トマス・スタンリーは、リチャードの悪政時代に柔軟に保身を図りました。

義理の息子であるリッチモンド、すなわち次の王ヘンリー7世を陰で支援し、結局ボズワースの戦いの決定的瞬間に弟ウィリアムの勢力がリッチモンド側につき、リッチモンドの勝利を決定づけたのです。ホール、ホリンシェッド年代記では、リチャードの屍骸から奪った王冠をトマス・スタンリーが自らリッチモンドの頭にかぶせています。つまり、中央政府から疑惑の目で見られていたスタンリー家の名誉回復のためには、「リチャード3世」はまたとない機会であったわけです。

事実、ホール、ホリンシェッド年代記でのスタンリー家への言及は、もっぱらリチャードがリッチモンドに破れ戦死するボズワースの戦い前後、特にリチャード3世がトマスの長男ジョージを人質にとってスタンリー家の離反を食い止めたこと、にもかかわらずトマスがリッチモンド支援のためいかに苦心したかに力点が置かれています。ホリンシェッドなどの年代記によると、リチャードがもっとも活躍する時期、つまりエドワード4世とリチャード3世の時代、トマス・スタンリーは多くの脇役の一人でしかなく、出番もきわめて少ないのです。

一方、全二十四場にわたる「リチャード3世」の中で、トマス・スタンリーは十一場に登場します。台詞の数からいうと重要なキャラクターというわけではなく、何も言わぬ「黙り役」の場合もあります。つまり、ドラマの展開を左右する存在ではないにもかかわらず、舞台に立つ時間が比較的長く、従って観客に印象を残しやすい役といえます。「リチャード3世」のトマス・スタンリーは、表面上リチャードの協力者という仮面をかぶりつつ、何とか政治的生命を保持して暴君リチャードの冬の時代を生き延びます。よい意味ではマキャヴェッリ的リアリストですが、言葉を変えれば保身の術にたけた日和見主義者ともいえます。

その証拠に、ホリンシェッドはトマスのリッチモンドに対する忠誠に一貫して好意的ですが、ときには「このずる賢い狐」とトマスを呼ぶことも忘れません。*17 元来"Wait and see"はスタンリー家の家訓のような言葉だったようで、トマスは薔薇戦争という激動の時代にこの家訓を忠実に守ったともいえるのです。

劇が中盤にかかるあたりから、トマス・スタンリーは徐々にその存在を主張し始めます。シェイクスピアは前半で、むしろスタンリーにあまり焦点を当てないように配慮しています。例えば、3幕4場のヘイスティングズ卿失脚の場面です。年代記によって扱われ方は異なりますが、リチャードの怒りに触れてヘイスティングズ卿が断頭台に送られると同時に、かねてからリチャードに不信の目で見られていたスタンリーもまた、その怒りを肌身で味わうことになります。

ホリンシェッドによれば、リチャードに刃を向けられたスタンリーは、テーブルの下に身を隠してことなきをえますが、頭に傷を負います。この傷を「法に則った王位継承のためにスタンリーが支払った最初の名誉の印」[*18]と呼ぶ人もいますが、もし舞台でその通りに再現したなら、決してスタンリーの名誉になる情景にはならなかったことでしょう。

「リチャード3世」では、リチャードの脅威が前王エドワード4世の寡婦とその息子ドーセット侯爵に及びそうになると、スタンリーはリチャードの意向に逆らい、フランスのブルターニュに亡命中のリッチモンドのもとへ逃げるよう二人に忠告するとともに、そのための添え状まで書きます。無論、この将来ヘンリー7世となる若いリッチモンドが、トマス・スタンリーの義理の息子であることを印象づけることをシェイクスピアは忘れません。「機会を逃すことなく、お急ぎを。息子への私の手紙をお持ちになってください」。

しかし、これは史実に反します。年代記では、確かにドーセットは危険を感じてブルターニュに逃れますが、スタンリーはまったく橋渡しの役割を果たしていません[*19]。

「リチャード3世」では、ボズワースでの決戦のときが近づいた際、長男ジョージがリチャードに人質としてとられ、スタンリーは表立った軍事行動の道を封じられます。そこで将来を見越したトマス・スタンリーは、ヨーク家の王権継承者であるエリザベスとリッチモンドの婚姻を秘密裏に画策し、「二つの薔薇」和解へのシナリオの推進者として動きます。

しかし、スタンリーがそうした壮大な構想を描き、計画に移した事実は、年代記に一切見当たりません。歴史上、リッチモンドとエリザベスの婚姻の話題が最初に浮上するのは、バッキンガム公爵とエリー司教ジョン・モートンの会話の中においてのことで、それ以後、計画はもっぱらブルターニュに結集したリッチモンドの支持者たちの手によって実行されます。[*20]

「リチャード3世」におけるボズワースの戦いの際、年代記にもあるように、スタンリーは戦いの直前に継子リッチモンドの陣を訪れて協力を約束します。特にこのシーンは、二人の近い関係を観客に印象づけるには大いに効果的です。そして前述したように、戦いのあと、リチャードの屍骸から奪った王冠をリッチモンドの頭に置くのは、ほかでもないトマス・スタンリー自身です。

このあと、「リチャード3世」では描かれていませんが、トマス・スタンリーは初代ダービー伯爵の地位を授与されます。「リチャード3世」におけるトマス・スタンリーへのシェイクスピアの肩入れは、エリザベスとの関係悪化で不安定化したスタンリー家のイメージを、チューダー朝の開祖リッチモンドとの絆を呼び覚ますことで修復しようという狙いによるものだったと言って差し支えないでしょう。

シェイクスピアのイングランド史劇は、「ジョン王」と「ヘンリー8世」を除けば、二つの「サイクル劇」に分けられます。「ヘンリー6世パート1、2、3」と「リチャード3世」が第一・4部作を形成し、ヘンリー6世、エドワード4世、リチャード3世の時代を題材とした連続した時間を劇化しています。一方、これより遅れて書かれ、歴史的には第一・4部作に至るまでの経過を描いた第二・4部作、つまり「リチャード2世」「ヘンリー4世パート1&2」「ヘンリー5世」が存在します。

この壮大な叙事詩的スケールを持った史劇サイクルを、シェイクスピアがどの時点で構想したかは知る由もありません。しかし、薔薇戦争の原因をヘンリー・ボーリンブローク（のちのヘンリー4世）がリチャード2世を殺害し、王権を奪ったことに対する神の呪いに求める「チューダー神話」の影響を受けたことは否定できないでしょう。

シェイクスピアはなぜ、年代記の記述通り史実に基づいてリチャード2世殺しから始め、「救世主」ヘンリー7世のイングランド贖罪で終らせず、あえてヘンリー6世の治世の時代から物語を始めたのでしょうか。この種の問いを発すること自体ナンセンスであり、憶測こそ可能なものの、断定的な結論が出せないことはわかっています。

ただ、これまでの論議を踏まえて検証してみると、意外な可能性が浮かび上がってきます。スタンリー家にとって、ヘンリー6世からリチャード3世までの時代は、ランカスター地方の大豪族から脱皮して中央の政界に確かな地歩を築き、「伯爵」という新しい地位のもと国政に積極的に参加するチャンスを得た大きな転換期でした。エリザベス朝時代におけるスタンリー家の家長ヘンリーやその息子ファーディナンドの宮廷での発言力、あるいはランカシャー、チェシャイアを地盤とする「北の雄」としての存在感は、すべてこの第一・4部作で描かれた時期にその基礎が築かれたといっても過言ではありません。

つまりシェイクスピアにとって、少なくとも一五九四年のファーディナンドの死まで、そして新たにハンスドン卿の庇護を受けてロード・チェンバレンズ・メンのメンバーになるまで、パトロンであるスタンリー家を自らの作品の中でとりあげるためには、ヘンリー6世の治下から始める必然性があったのです。第二・4部作の時代、スタンリー家はランカシャーの大富豪にとどまり、歴史の表舞台に現われるだけの地位をまだ持っていませんでした。ホリンシェッドなどの年代記でも、スタンリー家への言及は極端に乏しいのが現実です。

シェイクスピアが初めて史劇に挑戦するにあたって、なぜヘンリー6世の時代を選んだのか。その理由の一つが、彼の「スタンリー・コネクション」だったと主張することは、決して無謀ではないはずです。

第四章——注

1 E. K. Chambers, *The Elizabethan Stage* (Oxford: the Clarendon Press, 1965 [1923]) vol. 2, 118-19.

2 一五八六年、レスター伯爵は自らの劇団を帯同させ、オランダに軍を率いて滞在していた。劇団の中にはKemp, Bryan, Popeが在籍していた。同年十一月、レスター伯はイングランドに戻るが、三人の役者は大陸に残り、デンマークのエルシノーを訪れたのち、BryanとPopeはさらに足を延ばしてドレスデンまで旅し、一五八七年七月まで当地に留まった（Chambers, *The Elizabethan Stage*, vol. 2, Leicester's Men 参照）。レスター伯の死後、イングランドに戻った三人はストレンジズ・メンに加わったとChambersは考える。

3 一五九三年夏、地方巡業に出ていたストレンジズ／アドミラルズ・メン合同劇団と行動をともにしたEdward

Alleyn が、継父のヘンズローに書いた手紙の中で、劇団のメンバーとしてリチャード・カウリーの名前をあげている。E. K. Chambers, *William Shakespeare: A Study of Facts and Problems* (Oxford: the Clarendon Press, 1930), vol. 2, 313 参照。

4　アーデン2版「リチャード3世」のエディター Hammond は、ストレンジズ／アドミラルズ・メンが一五九一年遅くに初演を果たしたと考える。オックスフォード・シェイクスピア版のエディター Jowett は、一五九二年にペンブロークス・メンが地方巡業中に初めて演じたと考える。最も遅い執筆、初演の年を提案している Wells & Taylor (*William Shakespeare: a Textual Companion*, Oxford, 115) は、一五九二年六月の劇場閉鎖以降に書かれたと考える。

5　例えば Andrew Gurr, *The Shakespearian Playing Company* (Oxford: the Clarendon Press, 1996), 262. 最も極端なのが Honigmann で、一五八五年（?）～九四年にかけてシェイクスピアはストレンジズ・メンのメンバーであったとし、「シェイクスピア・デビュー一五八〇年代説」のシナリオに従い、ヘンリー6世劇や *Titus Andronicus* などの執筆時期を早くて一五八七年にまで遡らせている（*Lost Years*, 128 年譜）。

6　多くの研究者は、この時期に Richard Burbage もストレンジズ・メンのメンバーであったと考える。これは *The 2nd Part of the Seven Deadly Sins* の現存する part が、一五九〇年代初期のストレンジズ・メンのものであるとする W. W. Greg や E.K. Chambers 以来の誤解に従った結果であり（確かに Richard Burbage の名前が Brian, Phillips, Pope, Cowley とともに現われている）、David Kathman がこの plot が実は一五九七～九八年のロード・チェンバレンズ・メンの上演時のものであることを実証した現在、白紙に戻されるべきものだろう。

7　Andrew Gurr, *The Shakespeare Company: 1594-1642* (Cambridge: Cambridge University Press, 2004), 1-5.

8　Jonathan Bate, *Soul of the Age: A Biography of the Mind of William Shakespeare* (New York: Random House, 2009), 356.

9　*Records of Early English Drama*; Lancashire, ed. David George (Toronto: Toronto University Press,

1991), 156, 350.

10 *Region, Religion, and Patronage*, ed Richard Dutton et alii (Manchester & New York: Manchester University Press, 2003), Plates 1 & 3.

11 Ibid., David George, The Playhouse at Prescot and the 1592-94 Plague, 241 Note 31.

12 Ibid., Introduction, 8.

13 E. A. J. Honigmann, *Shakespeare: the Lost Years* (Manchester: Manchester University Press, 1985), 84, 127.

14 Scott McMillin & Sally-Beth MacLean, *The Queen's Men and Their Plays* (Cambridge: Cambridge University Press, 1998) Protestant Politics: Leicester and Walsingham.

15 Lawrence Manley, From Strange's Men to Pembroke's Men: *2 Henry VI* and *The First Part of the Contention, Shakespeare Quarterly* 54 (2003), 274.

16 Thomas Stanleyと、ボズワースの戦いのターニング・ポイントで兵を率いてリッチモンド側についた弟の*William Stanley*はしばしば混同され、おそらくシェイクスピアも二人をはっきり別人と認識していなかったと想像される。

17 *Holinshed's Chronicle of England, Scotland, and Ireland*, rept. New York: AMS Press, 435.

18 Lawrence Manley, Motives for Patronage: The Queen's Men at New Park, October 1588, 53, *Locating the Queen's Men, 1583-1603*, eds. Helen Ostovich et alii (Farnham: Ashgate, 2009).

19 *The Union of the Two Noble and Illustrate Families of Lancaster and York . . .* [known as Hall's Chronicle] rept. New York: AMS Press, 393.

20 Ibid., 389 f.

第五章　「ヘンリー６世」３部作とペンブロークス・メン

ペンブロークス・メンは、エリザベス朝・スチュアート朝に存在した劇団の中でもひときわ不可思議な劇団です。地方都市での上演記録がわずかに残っているだけのマイナーな劇団でしたが、一五九二年のクリスマス・シーズンに突然、宮廷に招かれ二回の公演を果たしました。その翌年、疫病の蔓延でロンドンの劇場が一時閉鎖されると、ほかの劇団と同様に地方公演へと旅立ちますが、夏にはロンドンに戻り、事実上の破産によってメンバーは離散しました（なお、一五九七年にフランシス・ラングリーのマネジメントのもと、「白鳥座」を本拠に再編成された同じ名前の劇団は、一五九二〜九三年の劇団とはまったく別個のものです）。

ペンブロークス・メンにかかわる謎は数多くあります。パトロンであるペンブローク伯爵は、自らの劇団を長い間持たなかったにもかかわらず、なぜ老後になってから自らの名を冠した劇団の存在を認めたのか、ペンブロークス・メンの母体となったのはどの劇団なのか、どんな役者がメンバーだったのか、彗星のように中央に躍り出たきっかけは何だったのか、などなど興味はつきません。

シェイクスピアとの接点も一つの鍵です。シェイクスピアは一五九二〜九三年の期間、ペンブロークス・メンの一員だったと主張する人もいます。このシナリオによれば、シェイクスピアは役者として舞台に立つと同時に、ペンブロークス・メンのために最も初期の作品群を提供していたことになります。のちにロード・チェンバレンズ・メンのリーディング・アクターとしてハムレットやオセロを演じたリチャード・バーベッジが、すでにこの時期、ペンブロークス・メンに在籍していたという説もあります。

ペンブロークス・メンの実体については多くの分析、研究が行なわれています。ところが、残念なことに間違ったデータに基づいていたり、根拠のない推論や個人の希望的仮説の域にとどまっていたりするものも少なくありません。データの客観的な再検討と最新の研究成果をもとに、ペンブロークス・メンとヘンリー6世劇の関係を調べ直す必要があります。もしかすると、「大山鳴動、ネズミ一匹」の結論になるかもしれませんが、誤った解釈を定着させないためにもこの作業は急務といえます。

資料から読みとれるペンブロークス・メンの軌跡

ヘンリー6世3部作のうちで、上演された記録がはっきり残っているのは、「ヘンリー6世パート2」のQ版「ヨーク・ランカスター家」（一五九四年出版）と「ヨーク公爵の本当の悲劇」（一五九五年出版）の二つだけです。一六二三年出版のF1に収められた「ヘンリー6世パート2」「ヘンリー6世パート3」は、テクストとしては最も信頼性の高いものですが、実際に上演された記録はありません。事実、フルテクストで上演するにはあまりにも長過ぎるのです。

ヘンリー6世3部作とペンブロークス・メンを結ぶ唯一の確証は、「ヨーク公爵の本当の悲劇」の表紙に記されたタイトル文です。

ヨーク公爵リチャードの本当の悲劇と、善良なヘンリー6世の死、

ランカスターとヨーク家の争いのすべて、ペンブローク伯爵閣下の僕
によって何回も演じられたそのまま*1

一方、「ヨーク・ランカスター家」Q1の表紙には、上演した劇団の名前が抜けています。「ヘンリー6世パート2」「ヘンリー6世パート3」は明らかな連作なので、ここでは現在のコンセンサスに従って、「ヨーク・ランカスター家」もペンブロークス・メンによって上演されたとみなします。ペンブロークス・メンとシェイクスピアのさらなる接点が、ヘンリー6世3部作と同時期、あるいは直後に書かれた「タイタス・アンドロニカス」（一五九四年出版）と*The Taming of a Shrew*（「じゃじゃ馬馴らし」の名で知られる劇とは別の作品）のQ1版に、同じようにペンブロークス・メンの名前が出てくることです。

タイタス・アンドロニカスの悲愴なローマ悲劇。ダービー伯爵閣下、
ペンブローク伯爵閣下、サセックス伯爵閣下の僕によって演じられた通り

じゃじゃ馬馴らしという題の、愉快な趣向の物語。
ペンブローク伯爵閣下の僕によって何回も演じられた通り。

ペンブロークス・メンのレパートリーに、シェイクスピアの芝居が少なくとも四つあったという事実からは、シェイクスピアと劇団の深い関係性が想像されます。そして、以上の四作品の出版は一五九四〜九五年という短い期間に集中しており、これはペンブロークス・メンが一五九三年の夏に破綻した記録と時間的にも一致しています。劇団の解体、あるいは幹部役者の離脱によって機能不全に陥ったゆえに、劇団の貴重な財産である脚本が市場に流出したのです。

また、「タイタス・アンドロニカス」の標題にある「ダービー伯爵閣下、ペンブローク伯爵閣下、サセックス伯爵閣下の僕によって演じられた」という一文は、ペンブロークス・メンがストレンジズ・メン／ダービーズ・メンから派生した証拠の一つと考えられます。

いずれにせよ、一五九二〜九三年に活動したペンブロークス・メンのために、シェイクスピアは積極的に作品を提供していました（ときにはストレンジズ・メンを経由したこともあったでしょうが）。前述したように、クリストファー・マーロー作「エドワード2世」のQ1（一五九四年出版）の表紙から、この作品もペンブロークス・メンによって上演されたことがわかっています。

エリザベス朝の劇団は常時十五〜二十ほどの芝居を掛けられる力量が要求されたので、ほかにも脚本を持っていたはずですが、残念ながらこれまで述べた作品以外にペンブロークス・メンが上演した芝居は確認されていません。シェイクスピアの「リチャード3世」、および最近になってシェイクスピア作品に数えられるようになった「エドワード3世」を、ペンブロークス・メンのレパートリーに加える研究者もいますが、確証はありません。

ペンブロークス・メンという劇団は、そもそもどういった劇団だったのでしょうか。すでに一章である程度述べたので（21ページ参照）、それとはなるべく重複しないように説明したいと思います。その出自は、はっきりしていません。ペンブロークス・メンの名前が初めて記録に登場するのは、一五九二年十～十二月に行なわれたイングランド中部レスターでの公演です。時期的には、六月に枢密院のロンドン劇場閉鎖令が出て、疫病発生によってこの禁止令が長期化したことから、ロンドンの劇団が一斉に地方巡業へ向かった頃です。

ペンブロークス・メンの母体であるストレンジズ・メンは、劇場閉鎖令を受けて本拠地である薔薇座で上演を続けられるよう、七月に枢密院に嘆願書を提出しています。願いは聞き入れられませんでしたが、嘆願書は「我々の劇団は大所帯で、従って出費も膨大であり、地方巡業をして劇団を続けることは我々の分離と分割を意味します」と訴えています。[*2]

そして、ストレンジズ・メンの幹部たち、さらに薔薇座の経営者フィリップ・ヘンズローの恐れていた「分離と分割」がまさに現実となったのです。ストレンジズ・メンとその分派であるペンブロークス・メンは、疫病が収束する一五九四年六月まで地方巡業で食いつなぐことを余儀なくされました。この間、この二つの劇団はときに別個に、ときに合同で地方都市を回って活動したようです。

これ以後のペンブロークス・メンの運命は、以前にも引用しましたが、ヘンズローが義理の息子エドワード・アレンに宛てた一五九三年八月の書簡から明らかです。「貴方が所在を知りたがったペンブローク団員のことだが、今ロンドンに戻ってこの五～六週間そのままで、聞くところでは旅の出費がかさんで、金を捻出するため衣装を質に入れるつもりということだ」。[*3]

ペンブロークス・メンがストレンジズ・メンから分派する形をとったのは、もしかすると経済的な要因が強く働いていたためかもしれません。後述するように、地方巡業時の収入は不安定で低いものになることが予想されます。クイーンズ・メンを念頭においての試算では、[*4] 十六人から二十人規模の劇団が巡業旅行をする際の経費は、トータルで一日三十二〜四十シリングとなります。これは、ロンドンの常設小屋なら入場料でカバーできる数字ですが、上演機会の極端に少ない、観客数も多くを期待できない地方巡業では、かなり難しい数字といってよいでしょう。

一つの解決方法は、劇団を二つに分け、別個の経理ベースで行動することです。こうすれば、一つの町でときを置いてそれぞれが公演を行ない、そこで得た報酬をより少ないメンバーで分かちあうことができます。事実、クイーンズ・メンは一五八三年の地方興行で、ダットン兄弟が率いるグループとレイナムが率いるグループの二つに分かれ、別行動をとっています。この現象を団員の不仲からの分裂と解釈する向きもありますが、厳しい地方公演を生き延びるための大所帯劇団の知恵と考えた方が正確でしょう。

この当時のストレンジズ・メンは、すでにクイーンズ・メンをしのぐ規模の劇団に成長していたと考えられます。ストレンジズ・メンはおそらく、ケンプ、ブライアン、ポープなどの旅巡業に馴れた幹部役者（この三人はレスターズ・メンの団員として大陸に渡ったとき、デンマークやドレスデンにまで足を延ばして単独で活動しています）に率いられていたはずなので、ロンドンの疫病が終息するまで地方で生きながらえたのでしょう。反対にペンブロークス・メンは、そのようなノウハウを持っていない分派的集団だったため、馴れぬ旅で疲弊して、いまだ劇場閉鎖が続くロンドンに戻らざるをえないことになったのでしょう。ペンブロークス・メンは明らかにこの時点で破産して、衣装類のみならず芝居まで「質に入れた」か、他の劇団に売却したかして、かろうじて借金を返済したと思われます。

これ以降も「ペンブロークス・メン」という名の劇団は、地方での活動が散発的に記録に残っていますが、シェイクスピアやマーローの人気劇をロンドンで上演したと思われる一五九二〜九三年のカンパニーとは別物と考えてよいでしょう。また、一五九七年に興行師フランシス・ラングリーがペンブロークス・メンの名の下に集めた役者の集団は、ロンドン劇団の離合集散、役者の移動などの点からは興味深いものですが、シェイクスピアの関係した同じ名前のカンパニーとは何ら共通項が見当たりません。

地方巡業に明け暮れたペンブロークス・メンにも、一瞬の輝きのときがありました。一五九二〜九三年に宮廷で開催された、クリスマス・新年のエンターテインメントのための宮廷への招聘です。ストレンジズ・メンと一緒に招かれたペンブロークス・メンは、独自に都合二回の上演を許されています。ロンドンでも宮廷でもまったく実績のない新しい劇団が、ストレンジズ・メンと同時公演、別報酬で招聘された事実は、この二つの劇団が実は一つの大所帯の劇団が分離した姿であるという仮定によってのみ説明できるのではないでしょうか。

この衝撃的なデビューにもかかわらず、ペンブロークス・メンは再び地方に旅立ち、二度と宮廷に戻ってくることはありませんでした。

もう一つ、興味深い事実があります。一五九二年八月、エリザベスはロンドンの疫病を避け、お気に入りだった夏の地方巡歴（Summer Progress）に赴きました。その際、二十七日から二十九日にかけて、ペンブローク伯爵の屋敷の一つがあるラムズベリーを訪れているのです。[*5]

前述したように、ペンブロークス・メンの活動が最初に報告されているのは、同年十月以降のレスターにおける公演です。それに先立つ八月の段階で、ペンブロークス・メンが存在していないという理由はありません。あくまでも可能性としてですが、ラムズベリー訪問時にエリザベスがペンブロークス・メンの芝居を余興として観た際に好印象を受け、その年のクリスマス・シーズンに宮廷に招くよう指示したというシナリオもありえます。これは一つの可能性に過ぎませんが。

ここで一つ、大きな問題があります。この時期、リチャード・バーベッジがペンブロークス・メンに参加していたかどうかです。リチャードはのちのロード・チェンバレンズ・メンで、シェイクスピア同様に劇団の「株主」（sharer）となりました。同時に二人の関係は、舞台を離れても密接であるとさまざまなエピソードから判断されるため、この二人がかなり早い時期から行動をともにしたという見方があります。

リチャードは基本的に、父のジェイムズ・バーベッジ、兄のカスバートと行動をともにしました。

彼らの拠点となったのが、ジェイムズが一五七六年にロンドン市外北部のショーディッチに建てた、イギリス初の大型商業劇場「ザ・シアター」です。そもそもジェイムズはレスターズ・メンの一員で、一五八八年にパトロンのレスター伯爵が亡くなったあと、自らをロード・ハンスドンズ・メンと名乗っていました。ロード・ハンスドンとは、のちのロード・チェンバレンズ・メンのパトロンとなるハンスドン卿を指します。

一五八四年六月、ザ・シアターの周辺で職人を中心とした若者による騒動が起こり、風紀上の問題から劇場に対して好感を持っていなかった市当局が、劇場閉鎖を視野に入れて調査に向かいます。この対応に憤慨したバーベッジ一族が、あやうく暴力沙汰になる騒動を起こしました。その後、ジェイムズは書簡で「自分はハンスドン卿の下僕であり、彼の庇護下にある」と主張し、拘束されることを拒否しました。*6

市の権威をないがしろにすることは、普通なら投獄、裁判の危険をはらむものです。この件でジェイムズにお咎めがなかったということは、事実上、ハンスドン卿が間接的に彼を庇ったと考えてよいでしょう。この強い政治的後ろ盾を武器に、ジェイムズと彼の息子たちは、特定の一つの劇団と契約せず、ザ・シアターを需要に応じて複数の劇団に提供しました。

そして一五九四年、晴れてハンスドン卿が旧ストレンジズ・メンの団員を中心に新しくロード・チェンバレンズ・メンを興したとき、リチャードはこれに参加したと考えられます。彼はシェイクスピアと行動をともにしたのではなく、父ジェイムズと行動をともにしました。通常、役者の移動は記録から比較的窺い知ることができるにもかかわらず、ロード・チェンバレンズ・メン以前のリチャードの足跡がまったくわからないのは、ひとえに彼がザ・シアターから動かなかったからです。

一説では、レスター伯爵の死でロンドン市議会の攻撃から身を守るすべを失ったリチャードが、レスター伯の盟友であるペンブローク伯爵に接近した結果、ペンブロークス・メンが生まれたというシナリオを描いています。しかし、これはジェイムズ・バーベッジのハンスドン卿に対する長年の忠誠をまったく無視しています。ジェイムズとリチャードがなぜ、よりによってペンブローク伯爵を頼ったのかについては、その理由が明確にされていません。*7

確かに、ロンドンで活動していたペンブロークス・メンが疫病の発生する以前、前述した芝居をザ・シアターで上演した可能性はかなり高いと思われます。とはいえ、バーベッジ一族がペンブロークス・メンとそのパトロンと特別な関係にあった、あるいはリチャードが役者として加わっていたという指摘は、根拠のない推測に過ぎません。

ペンブローク伯爵ヘンリー・ハーバートとペンブロークス・メン

ところで、ペンブロークス・メンのパトロンである第二代ペンブローク伯爵のヘンリー・ハーバートとは、一体どんな人物だったのでしょうか。それを知るには、ハーバート家の歴史をさかのぼる必要があります。初代ペンブローク伯爵であるウィリアム・ハーバート（一四二三〜六九年）は、純粋のウェールズ人としてイングランドの貴族になった最初の人物です。

〈エリザベス朝時代のペンブローク家系図〉

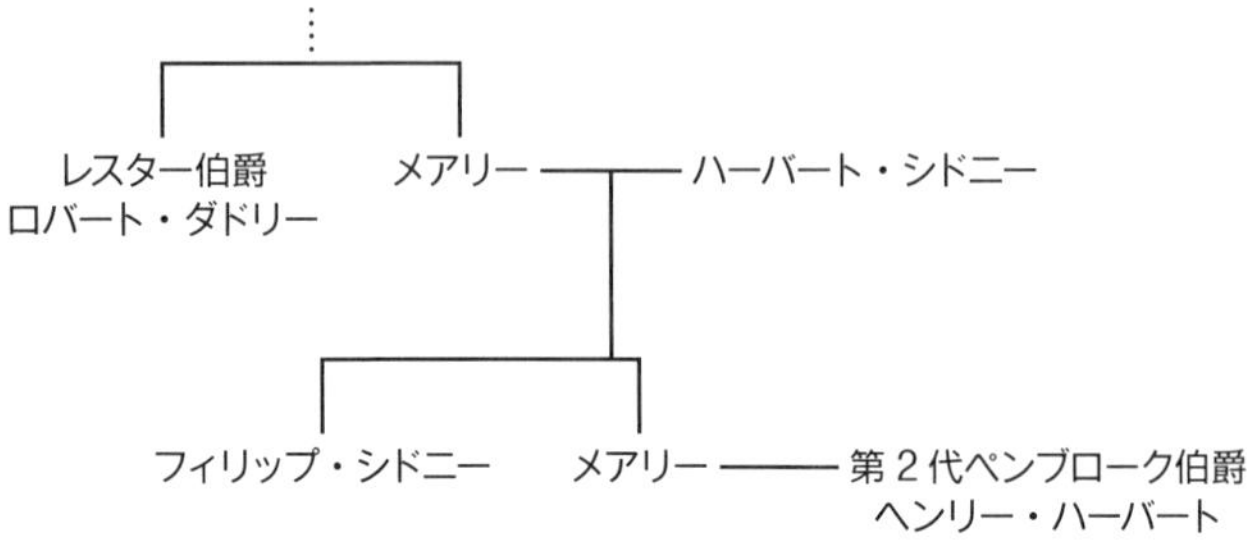

イングランド名の姓を持つこのウィリアムこそが、ヘンリー6世劇という素材のなかで大きな役割を果たしました。薔薇戦争の最中に活躍したウィリアムは、エドワード4世の命を受けてウェールズのペンブローク城攻略に成功した結果、幼少のリッチモンド伯爵ヘンリー・チューダー（のちのヘンリー7世）を保護下に置き、自分の妻にヘンリーの養育を委ねました。

その後、ウィリアムは高額を支払ってヘンリーの後見人の権利を得て、彼が結婚した際に義父として法律上の地位を獲得しました。ペンブローク伯爵となったウィリアムは、当時まだ中央政府の管轄外だったウェールズ地方の広い土地で権力を握ることになります。

ヘンリー7世の戴冠によるチューダー王朝の時代、ペンブローク家は順当に中央政府との関係を築いていきます。ウィリアムの孫は一五五〇年、ウェールズ全体を統轄するウェールズ総督に任ぜられました。

ペンブロークス・メンのパトロンであるヘンリーは、婚姻関係を利用して宮廷の有力貴族とつながり、強い政治的基盤を作り上げました。

特筆すべきは、ペンブローク伯爵とレスター伯爵、およびシドニー家との深い関係です。レスター伯爵は女王の篤い寵愛を受けた人物で、一時は結婚の話すら非現実的な話ではなかったほどです。

レスター伯爵とペンブローク伯爵は、互いを父、息子と呼びあうほど近い関係でした。レスター伯爵は甥のフィリップ・シドニーとともに、大陸のカトリック勢力に対抗するプロテスタント同盟を築くべくその先頭に立った人物で、ペンブローク伯爵もそのサークルの中にいました。同様にハーバート・シドニーもレスター伯爵のサークルにおいては重要な人物です。ハーバート・シドニーがウェールズ総督の職務を辞したあと、これをペンブローク伯爵が引き継いでいます。

この三者を結ぶ強いかすがいになったのが、フィリップ・シドニーの妹でペンブローク伯爵夫人のメアリーです。若きイングランドの星であったフィリップを兄に持ち、自らもペンをとってドラマや詩を書き、ウィルトンの自宅で文芸サロンを開いた彼女の存在なくして、ダドリー／シドニー／ハーバート三家の政治的ネットワークは語れません。彼女はレスター伯爵に対して、自らを「娘」と呼んだということです。

彼女もまたウェールズに近いビュードリーで生まれ、初代ペンブローク伯爵のウィリアム・ハーバートが名づけ親になりました。ダドリー／シドニー／ハーバートの三家の力を物語る材料として、彼らの領地、所有地、影響力を持つ土地を合算した面積は一時、イングランド全土の三分の二に及んだという逸話を紹介しておきます[*8]。

また、ペンブローク伯爵には二人の息子がいました。ウィリアムとフィリップです。二人はそれぞれペンブローク伯爵の地位を受け継ぎ、同時に続けてロード・チェンバレン（宮内大臣）となって、ロンドン演劇界の庇護者、監督者となりました。一六二三年出版のシェイクスピア作品集F1は、この兄弟に献呈されています。このときウィリアムとフィリップを選んだのは、ロード・チェンバレンズ・メンでシェイクスピアの同僚だったヘミングズとコンデルであり、当時ウィリアムがロード・チェンバレンを務めていたことが、その最大の理由であったはずです。

しかし、ペンブローク伯爵家とシェイクスピアを結ぶなんらかの絆、または記憶がそこに介在しなかったとは言い切れません。シェイクスピア作「ソネット」の前辞に出版者ウィリアム・ソープが書いた、かの有名な「W・H氏」の有力な第一候補こそが、このウィリアム・ハーバート（William Herbert）です。ことの真偽は永遠にわからないでしょうが、「ソネット」の「麗しい若者」がウィリアムをモデルにしていたなら、シェイクスピアとペンブローク伯爵家とのつながりは、我々が思っている以上に親密なものだったことになります。

レスター伯爵ロバート・ダドリーは、その強力な政治力によって宮廷の他の貴族を磁石のように引きつけました。その中に、ダービー伯爵ヘンリー・スタンリーもいました。*Dictionary of National Biography*は、レスター伯爵の「生涯の友人」としてヘンリー・スタンリー（ストレンジズ・メンのパトロンであるファーディナンドの父）をあげていますが、詳細については触れていません。

一五八八年、レスター伯爵の死でレスターズ・メンが後ろ盾を失って混乱した時期、伯爵の「生涯の友人」であるヘンリー・スタンリー、あるいは父以上に演劇に関心があった息子のファーディナンドが、彼らに救いの手を差しのべたとしてもおかしくはありません。加えるに、レスター伯爵サークルの中心にいたペンブローク伯爵とシドニー家に、レスターズ・メンの団員から何らかの打診があったのかもしれません。長年、自分の劇団を持つことに興味のなかったペンブローク伯爵が、亡き盟友のために、自らの名を新しい劇団が使うことに同意した可能性もあるでしょう。

ロンドンで活動していた劇団の大きな再編成は、一五九四年のロード・チェンバレンズ・メンとアドミラルズ・メンによる、いわゆる「二劇団体制」（duopoly）の実現とともに収束します。それまでの過渡期に発生した役者の移動や劇団の分裂、統合のプロセスには、何らかの形でレスター伯爵グループの介入や画策があったであろうことは、想像に難くありません。

最もありうるシナリオとしては、まずストレンジズ・メンがレスターズ・メンに所属した団員の一部を吸収します（事実、ブライアン、ポープ、ケンプらはそのように移動したことがわかっています）。さらに、大所帯となったストレンジズ・メンから生まれた新しい劇団が、ペンブローク伯爵の許可を得て「ペンブローク伯爵の僕」を名乗り、ロンドンあるいは地方巡業から最初の一歩を踏み出したのでしょう。

ここで問題になるのが、ペンブローク伯爵夫人であるメアリーの果たした役割です。夫のヘンリーは演劇を含め芸術には疎いタイプで、そうした夫に代わる存在であった妻メアリーこそが、事実上、ペンブロークス・メンのパトロネスであったという議論が一部で盛んです。しかし結論から言うと、この仮説には無理があります。

確かにメアリーは、ウィルトンの自宅に多くの芸術家を集め、サミュエル・ダニエルなど多くの詩人を庇護して、金銭的にも彼らを支えたようです。彼女自身、詩にとどまらずドラマにまで手を染め、ローマの古典悲劇をモデルに「アントニウス」という劇を書いています。

しかし、彼女の書いたドラマは、モデルとなったセネカの作品同様に、一般の舞台で上演されることを目的としない、いわゆる「室内劇」でした。メアリーは、自作の劇をウィルトンで親しい友人たちと朗読するだけで充分満足していたはずです。彼女のサロンに役者が出入りしていたという噂もありますが、それを裏づける証拠はありません。

メアリーの兄フィリップ・シドニーは役者を愛し、当時レスターズ・メンの道化であったリチャード・タールトンがもうけた息子の名づけ親にまでなっています。また、メアリーの息子ウィリアムは劇場好きで知られます。自らもロンドンの劇場を視野に芝居を書き、リチャード・バーベッジが亡くなった折には、彼を「旧友」と呼んで希有な才能が鬼籍に入ったことを嘆きました。一方、メアリーが観劇のためにロンドンへ出かけた記録はなく、彼女と商業劇場の接点は今のところ見当たりません。

唯一あるとすれば、サイモン・ジュエルという役者の遺書がそれに当たります。一五九二年八月のものとされるこの遺書の中で、仲間の団員に金銭や形見となる品（「箱に入った私の芝居道具すべて」）を残すと記したあと、サイモン・ジュエルはこう述べています。

「一つ、ペンブローク伯爵夫人、あるいは夫人のお力添えで支払われる金額の私の分については、分配して私の葬式その他の支出にあてることを望む」[*9]

つまり、ジュエルは自分の埋葬費などについて、ペンブローク伯爵夫人から支払いが期待される金でまかなうように言い残しているのです。この文面を見る限り、ジュエルの属していた劇団はペンブロークス・メンであり、ペンブローク伯爵夫人がパトロネスであるかのような印象を与えます。しかし、現在定説となっているのは、遺書に言及されている役者の顔ぶれから判断して、ジュエルの所属した劇団は分裂したばかりのクイーンズ・メンであり、ジュエルはクイーンズ・メンの一員としてペンブローク伯爵夫人の邸宅で芝居を披露した際の未支払い報酬のうち、自分の分を要求しているのだ、という解釈です[*10]。

この遺書に登場する役者をよりどころに、ペンブロークス・メンのメンバーを再構成しようとする試みもみられますが、そもそもの前提に誤りがあります。ですから、遺書から再構築されたメンバーの顔ぶれと、「ヨーク・ランカスター家」「ヨーク公爵の本当の悲劇」をヒントに導きだされたペンブロークス・メンのメンバーとが重ならないのは、至極当然のことなのです。

ペンブロークス・メン団員の再構築

では、一五九二〜九三年のペンブロークス・メンに所属したメンバーを特定することは、可能なのでしょうか。残念ながら、直接名指しでペンブロークス・メンの団員をあげている資料は見つかっていませんが、かといってこの特定作業がまったくできないわけでもないのです。

エリザベス朝における劇のテクストにおいては、事故や間違いによって役者の名前がキャラクターの名前ととり違えられる例が少なくありません。シェイクスピアの場合は特にQ版に多いのですが、F1でもそうしたことが起こっています。

例えば、「空騒ぎ」Q版の4幕2場で、道化役のドグベリーの台詞をしゃべる人物の名前が「ケンプ」と書かれている箇所があります。これは明らかに、ロード・チェンバレンズ・メンに当時在籍し道化役を得意とした、ウィリアム・ケンプがドグベリーを演じたことを示しています。ケンプは一五九四年にロード・チェンバレンズ・メンが創設されたときからのメンバーで、少なくとも「空騒ぎ」が上演された時点でこの劇団に在籍していた証拠となります。

とはいえ、この種の情報の解釈には危険も伴います。召使いや下僕につけられた「サンプソン」「グレゴリー」「ジョージ」「ディック」などのよくある名前は、どこにでもある一般的な呼び名として作家が選んだと考えることが大前提です。作家やブック・キーパー、あるいは作家の原稿を清書した写筆者が、特定の役者をイメージしたことにより、誤って書き込んだ団員名がまぎれこんだ事例はまれで、役者の名前を安易にテクストから見出そうとすることには慎重であるべきです。

そうした危険性を念頭に置きながら、「ヨーク・ランカスター家」「ヨーク公爵の本当の悲劇」、そして「ヘンリー6世パート2&3」のテクストを通して、ペンブロークス・メンのメンバーを再現できないか試みたいと思います。

その作業へ移る前に、一つ指摘しておかなければならない誤解があります。ストレンジズ・メンのメンバーを再現する研究にとり組む際、長らく基本的資料として使われた芝居に、一五九〇年代初期の作とされた「七つの大罪パート2」(*The Second Part of the Seven Deadly Sins*)があります。

実はこの作品は「芝居」ではありません。「プロット」(plot＝物語や劇の「筋」の語源)と呼ばれるもので、エリザベス朝舞台に見られる特殊な道具を指します。一枚の木の板に芝居の簡単な筋書きと役者の出入りを指示した紙を貼りつけたもので、上演時に舞台裏の壁に掛けられ、役者たちはこれを見て舞台の進行と自分の出番を確認しました。

この「七つの大罪パート2」のプロットは、一五九一～九二年にかけてストレンジズ・メン、あるいはアドミラルズ・メンと合体したストレンジズ・メンが上演したときの記録であるとされてきました。「七つの大罪パート2」が重要な意味を持つのは、この早い時期に多くの役者の名前、特にリチャード・バーベッジの名が見られるからです。このプロットに現われる役者の名前は、次のごとくです。

マスター（Master：Mr.のオリジナル形）・ブライアン（*Robert Brian*）
マスター・フィリップス（*Augustine Phillips*）
マスター・ポープ（*Thomas Pope*）
マスター・バーベッジ（*Richard Burbage*）
ハリー（*Henry Condell?*）
W・スライ（*William Sly*）
R・カウリー（*Richard Cowley*）
ジョン・デューク
Ro・パラント（*Robert Pallant*）
ジョン・シンクラー
キット（*Christopher Beetson?*）
Tho・グッデール（*Thomas Goodale*）
J・ホランド（*John Holland*）
ヴィンセント（*Thomas Vincent?*）
T・ベルト
サンダー／ソウンダー（*Alexander Cooke?*）
ニック（*Nicholas Tooley?*）

Ro・ゴー（*Robert Gough?*）
ネッド（*Ned*）
ウィル（*Will*）

カッコ内の名前は他の記録に残っている役者のもので、?をつけたものは候補として名前があがっているという意味です。仮に「七つの大罪」の上演が一五九〇年だったとすると、バーベッジは弱冠二十二歳です。彼がのちにロード・チェンバレンズ・メンで一緒になるブライアン、フィリップス、カウリー、スライなどとは、すでにこの早い段階から一緒に活動していたことになります。

一五九四年以前のリチャード・バーベッジについては、その軌跡がまったくわかっていないため、この資料の持つ価値は量りがたいものがあります。ここに記された役者の名前をもとに、一五九〇年代のストレンジズ・メンおよびペンブロークス・メンの団員構成を再現しようとする試みが多数なされてきたわけで、「七つの大罪」のプロットはその出発点となりました（名前のリストの最後に現われる「ウィル」という人物が、誰と推測されたかは言うに及ばずですが）。

しかしそれも、デイヴィッド・キャスマンによる論文「七つの大罪再考」が二〇〇四年に発表されるまでのことでした。[*11] キャスマンはプロットにあげられている役者の名前をゼロから綿密に検証し直し、プロットの出自とその後の歴史についても詳細なリサーチを行ないました。

論議の細部は省きますが、はっきりとアイデンティティーの確立している役者（バーベッジ、ポープ、カウリー、フィリップス、スライなど）だけでなく、のちのロード・チェンバレンズ・メン／キングズ・メンに在籍した役者と同じであろうと考えられる同名の役者（パラント、ビートソン、グッデール、ホランドなど）についても、一五九一年に同一の劇団で活動することは事実上不可能であることをキャスマンは証明してみせました。

キャスマンの結論は、「七つの大罪」のプロットは一五九七〜九八年のロード・チェンバレンズ・メンに属するというものです。この時期、確かに「七つの大罪」のリストにある役者は全員、ロード・チェンバレンズ・メンで活動していたことが他の資料によっても明らかにされています。ですから、バーベッジの名前がポープやフィリップスと並んでいるのは、ごく当たり前のことなのです。

それまでは、「七つの大罪」に見られる中世劇の伝統を受け継いだ道徳劇的スタイルやドラマツルギーが、我々に「そんなに遅い時期になって演じられたはずがない」という先入観を抱かせてきました。反対に言えば、一五九〇年代後半になっても「七つの大罪」のような道徳劇が、ロンドンの観客に支持されていたことを物語っています。

いずれにせよ、ストレンジズ・メンあるいはペンブローク・メンの構成員を再現する試みは、「七つの大罪」を無視するか、あるいはキャスマンの分析を覆すに足る反証をあげる必要がありますす。しかし、現状はそうなっていません。残念ながら、「七つの大罪」を根拠にして一五九〇年初頭の劇団構成を論ずる傾向は、いまだに続いています。

キャスマンの論文がEarly Theatreという比較的歴史の浅い、マイナーなジャーナルに掲載されたことが、不幸にも彼の研究成果の認知を遅らせる結果となったことは否めません。将来、「七つの大罪」を資料として使う研究者は、キャスマンが導き出した結論に対してなんらかの反論を展開する義務があるはずです。

前置きはこのくらいにして、本論に戻りましょう。そもそも、役者の名前が劇のキャラクター名に代わって現われる傾向は、一般的にドラマティストの手書き原稿に較べて、ブック・キーパーの作った舞台台本の方に頻度が高いといわれています。[*12] 従って、「ヨーク・ランカスター家」や「ヨーク公爵の本当の悲劇」のように、舞台裏から生まれたと思われるテクストこそ、それが起こりやすい傾向にあるといえるのです。

ベヴィス（Bevis）

「ヘンリー6世パート2」の2幕3場、徒弟と親方の「決闘」の場面で、親方は「ピーター、一発ガツンとお見舞いするぞ」と叫んで彼に打ちかかります。一方の「ヨーク・ランカスター家」では、それに続いて「サウスハンプトンのベヴィスがアスカパーに襲いかかったように」という台詞がつけ加えられています。

この台詞は中世の大衆ロマンス「ハンプトンのサー・ベヴィス」の中で、主人公の騎士サー・ベヴィスがアスカパーという竜を退治するエピソードに基づくものです。この例は、親方ホーナーを演じた役者のジョークが、そのままテクストに残された事例と考えてよいでしょう。

ベヴィスの登場がこの箇所だけに留まるなら、それ以上の進展はありません。しかし、「ヘンリー6世パート2」4幕2場で最初に舞台に登場するジャック・ケイドの二人の手下には、「ベヴィスとジョン・ホランド」という名がつけられています（ただし「ヨーク・ランカスター家」では、「ジョージとニック」に変わっています）。

ジョン・ホランドとは、のちにロード・チェンバレンズ・メンで活躍した役者のことで、同様にこの「ベヴィス」も役者の名前と考えられます。従って「ヨーク・ランカスター家」のベヴィスは、親方ホーナーを演じた役者の名前であることがわかります。「ヨーク・ランカスター家」を記憶に基づいて再構築したのは、ペンブロークス・メンの旧メンバーたちでした。そのこともあって、この「ベヴィス」がメンバーの一人である可能性が浮かび上がってきます。

ことによると、「サウスハンプトンのベヴィスがアスカパーに襲いかかったように」の一行を挿入したのも、ベヴィス本人であったかもしれません。Q版にもF1版にもベヴィスの名前が現われるという事実は、F1の底本を所有していたストレンジズ・メンを経て、ベヴィスがペンブロークス・メンに移動した可能性をも示唆しています。

ジョン・ホランド（*John Holland*）

ジョン・ホランドについては、次のことがわかっています。

1.「ヘンリー6世パート2」のト書きにある「ベヴィスとジョン・ホランド」。

2.「ボルドーのジョン」（一五九二年初演?）の中のト書きに、「ジョン・ホランド手紙を持って登場」「ジョン・ホランド登場（悪魔に変装している）」とあります。一五九二年の時点で、ジョン・ホランドはストレンジズ・メンに在籍した可能性があります。「ボルドーのジョン」を一五九三年に薔薇座で上演したサセックス・メンは、同時にシェイクスピアの「タイタス・アンドロニカス」も上演しています。「タイタス・アンドロニカス」のQ1版の表紙には、「ストレンジズ・メン、ペンブロークス・メン、サセックス・メンによって演じられた」とあるので、この劇の脚本も同じ道をたどった可能性があります。

3.「七つの大罪」にも彼の名前がある。

4.ロード・チェンバレンズ・メンの団員であるトマス・ポープの一六〇三年の遺書に、「前述した家に、ジョン・ホランドが今住んでいる」という一行が見られる。

以上の情報から、ジョン・ホランドは少なくとも「ヘンリー6世パート2」の上演に参加したことがわかります。しかし、残念ながら「ヨーク・ランカスター家」には彼への言及が見当たらないことから、ジョン・ホランドがペンブロークス・メンのメンバーであったとする最後の決め手がありません。ペンブロークス・メンの上演に参加したが、ベヴィスのような記録上の幸運が彼には訪れなかったと言えるかもしれません。

それでも、ベヴィス同様にストレンジズ・メンを経て、ホランドがペンブロークス・メンへ移籍した可能性は残ります。「七つの大罪」およびポープの遺書が物語るように、少なくとも一五九七〜九八年にはロード・チェンバレンズ・メンの役者として活動し、幹部のポープともなんらかの個人的面識があったと思われます。

ニック（*Nick*）

「ニック」（*Nicholas*）については、次の事項が推測を含めて鍵となります。

1．前述の「ヨーク・ランカスター家」のト書きに「ニックとジョージ」とある。

2．「じゃじゃ馬馴らし」（F1）3幕1場のト書きに「召使いニック登場」とある。

3．「七つの大罪」に「ニック」という名前の役者がいる。

4．一六〇一年、アドミラルズ・メンのメンバーとしてエリザベスの前で曲芸を披露した役者が、「ニック」（*Nycke*）と呼ばれている。

5．ニコラス・トゥーリー（*Nicholas Tooley*〜一六二三）の名前が、F1におけるキングズ・メン（ロード・チェンバレンズ・メンのスチュアート期の名前）の役者リストにある。おそらく、バーベッジの見習いだったと考えられている。

「ニコラス」という名は珍しくないので、1〜5の「ニック」が同一人物であったという確証はまったくありません。1、2は役者の名前ではなく、キャラクターの名前であった可能性が強いでしょう。また、4はおそらく別人でしょう。3、5が仮に同一人物だとしても、「ニック」とペンブロークス・メンの接点は見えてきません。

ジョン・シンクロ（*John Sinklo or Sincler*）

1.「ヘンリー6世パート3」3幕1場、スコットランドから密かに帰還したヘンリー6世を捕えた森番の名前が、「シンクロとハンフリー」（*Sinklo* and *Humphrey*）とある。Q1では単に「森番」（keepers）となっている。

2.「じゃじゃ馬馴らし」の前芝居に登場する役者が、「シンクロ」と呼ばれている。

3.シェイクスピアの「ヘンリー4世パート2」（一六〇〇年Q）に小役人として登場。彼がやせていることをめぐってのジョークが繰り返されるので、体躯の貧弱な役者だったと思われる。E・K・チェンバースは彼を、一五九四年にロード・チェンバレンズ・メンが創設されて以来のメンバーとしている。

4.「七つの大罪」に「ジョン・シンクラー」（*John Sincler*）の名前が見える。

5.ジョン・マーストンの劇「マルコンテント」（一六〇四年）の前芝居に登場。

1がQ1ではなくF1であることから、シンクロが森番を演じたのは、一五九七〜九八年頃にロード・チェンバレンズ・メンがヘンリー6世3部作を再演したときだった可能性があります。ただし、このヘンリー6世劇の再演が実際にあったかどうかは不明確なので、あくまで可能性にとどまります。
2、3、4、5の事柄はすべて、ジョン・シンクロが長きにわたってロード・チェンバレンズ・メンのメンバーであったことを示しています。しかし、彼が肝心のペンブロークス・メンに在籍したことがあるかどうかは微妙です。一つの可能性として考えられるのは、「ヘンリー6世パート3」の森番を演じたのが、ロード・チェンバレンズ・メンの再演時ではない場合です。
「ヨーク公爵の本当の悲劇」以前、つまりペンブロークス・メンの親劇団であるストレンジズ・メンが、F1「ヘンリー6世パート3」の底本となるテクストを保持していた一五九二年以前にロンドンで上演した際、「シンクロとハンフリー」のト書きが加えられた可能性があります。とすると、シンクロはペンブロークス・メンというより、むしろストレンジズ・メン／ロード・チェンバレンズ・メンとの結びつきの方が深いといわなければなりません。

ハンフリー・ジェフスあるいはジェファーズ（*Humphrey Jeffes/Jeffers*）
1. 「ヘンリー6世パート3」において、シンクロとともに森番として名前があがっている。
2. 一五九七年十月、ペンブロークス・メンがアドミラルズ・メンと合体した際にアドミラルズ・メンに参加。一五九七〜一六〇二年には、アドミラルズ・メンの株主だった。E・K・チェンバースは、アドミラルズ・メンに加わる前にロード・チェンバレンズ・メンにいた可能性を指摘している。

3．一六〇〇年に出版されたアドミラルズ・メンの「用心が肝心」（*Look about You*）という芝居の中で、召使いがハンフリーと呼ばれている。

「七つの大罪」に彼の名前がないことから、ハンフリー・ジェフスをロード・チェンバレンズ・メン、ましてやペンブロークス・メンと結びつける材料はまったくありません。一五九二〜九三年のペンブロークス・メンと、一五九七年に白鳥座で公演した同名の劇団とは一切の連続性がないので、2は参考になりません。唯一、「シンクロとハンフリー」という「ヘンリー6世パート3」のト書きから、シンクロと同じくストレンジズ・メンに一時期だけ参加した可能性は浮かんできます。が、その後はペンブロークス・メンに移った形跡は見当たりません。

ゲイブリエル・スペンサー（*Gabriel Spencer*）

1．「ヘンリー6世パート3」1幕2場のト書きに、「ゲイブリエル」（Q1ではMessenger）の名前が見える。

2．前出、ハンフリー・ジェフスの項2にあげた、一五九七年のペンブロークス・メンに「G・スペンサー」の名前が見える。ハンフリー・ジェフスと行動をともにしたとみられる。

3．一五九八年、ゲイブリエル・スペンサーという名の役者が、喧嘩の末に劇作家兼役者のベン・ジョンソンに刺殺される。ヘンズローは書簡で「ゲイブリエル」とファースト・ネームで呼んでいることから、当時、ヘンズローのマネジメントのもとで活動していたアドミラルズ・

メンのメンバーだったと考えられている。

1の「ゲイブリエル」という名前が、役者名かキャラクター名かは微妙なところです。仮に役者の名前だったとしても、一五九二～九三年のペンブロークス・メンとの接点は、行動をともにしたハンフリー・ジェフス同様に見当たりません。

1をその接点とする論拠は、「ゲイブリエル」というごく普通の名だけに頼っており、これを即ゲイブリエル・スペンサーと結びつけるのは冒険といえます。しかも、ペンブロークス・メンの上演したQ1では、単にMessengerとしか記されていないのですから。


サンダー（*Saunder/Sander*）
1.「ヘンリー6世パート2」2幕1場の「盲人開眼の奇跡」に登場する主人公の名前が、サンダー・シンコックス（*Saunder Simpcox*）。一方、「ヨーク・ランカスター家」ではサンダー(Sander)。
2. *The Taming of a Shrew*（ペンブロークス・メンのレパートリーにある芝居）の中のキャラクターが、サンダー（*Sander, Saunder, Saunders*）の名で呼ばれている。
a. シェイクスピア「じゃじゃ馬馴らし」の登場人物グルーミオに当たる役者の名前がサンダーとあるが、これはキャラクター名と考える方が自然か。
b. 前芝居に登場する「役者」のうち、一人の名の省略形がSan。一方、F1の「じゃじゃ馬馴らし」では「シンクロ」となる。

a、bの「サンダー」は、同一人物である可能性が高い。また、「サンダー」をアレグザンダー・クック（*Alexander Cooke*）と考える説がある。クックは一六〇〇年代のベン・ジョンソンによるいくつかの芝居の役者リストに名前が現われ、かつF1にもキングズ・メンの役者として名前が載っている。おそらくヘミングズの見習いだったと思われる。

3.「七つの大罪」にサンダー（*Saunder*）の名前がある。

「七つの大罪」で、サンダーは重要な女性役を演じています。アレグザンダー・クックが女形として舞台に立ったという記録は特にありませんが、「七つの大罪」のサンダーが若きアレグザンダー・クックであったと仮定することは、さして無理がありません。彼がヘミングズの見習いであった場合も、年齢的に合致します。

残念ながら、アレグザンダー・クックの生まれた年はわかりません。2のbにおいて、サンダーが舞台から一度退場し、奥方役を演じる未成年役者として再び登場すると仮定すれば、この役者が若い、声変わりする前のアレグザンダー・クックである可能性が生まれます。

妥当な結論として、1のF1に登場するサンダー・シンコックスをキャラクター名と見なして除外することを提案します。このシナリオによれば、まずペンブロークス・メン見習いの「サンダー」が、「ヨーク・ランカスター家」や*A Shrew*の上演に参加しました。そして一五九二～九七年に女役を演じたクックが、成人してヘミングズから晴れて独立したのち、一六〇〇年代にキングズ・メンの一員としてベン・ジョンソンの一連の芝居で演じたことになります。

以上のデータから、一五九二〜九三年のペンブロークス・メンに所属したメンバーを再構築してみたものが次の一覧です。

ベヴィス
ジョン・ホランド
アレグザンダー・クック

他の研究者による同様のリストに較べると寂しい限りですが、複数のテクストに現われた、役者の名前と判断できる場合だけにしぼっているので、信憑性はかなり高いと思われます。「ベヴィスとジョン・ホランド」という「ヘンリー6世パート2」のト書きから推測すると、ベヴィスは「ヨーク・ランカスター家」の上演に親方ホーナーとして出演したようです。一五九二年以前、ロンドンでストレンジズ・メンが「ヘンリー6世パート2」を上演した際には、二人がジャック・ケイドの手下を演じたと考えられます。

つまりベヴィスとジョン・ホランドは、ストレンジズ・メンを経由してペンブロークス・メンに移ったのではないかと推測できるのです。ただしホランドについては、その事実が「ヨーク・ランカスター家」のテクストのみでは証明できません。

また、アレグザンダー・クックの場合は、ヘンリー6世劇より*The Taming of a Shrew*の方に鍵があります。シェイクスピアの「じゃじゃ馬馴らし」に登場するグルーミオは、主人公ペトルーチオお気に入りの下男で、才気にあふれ、かなりあけすけにものを言い、観客に直接話しかけるような語り口が特徴です。いうなれば、「ヴェローナの二紳士」のスピード、「ヴェニスの商人」のロースロット・ゴーボの系譜に属する道化役です。

このグルーミオをF1版では、痩せているのが「売り」のシンクロが演じています。こうした滑稽さや軽みを演じるのに、「七つの大罪」で女性役を演じた未成年で、体躯も「ボーイ」であったであろうクックの起用は、配役として面白いでしょう。ハムレットが辛辣に批判した、風刺喜劇の要素で人気を博したセント・ポール少年劇団に代表される、子ども劇団のスタイルに近い効果をもたらしたのではないかと想像されます。

ペンブロークス・メンによる地方公演の実態

前述したように、ペンブロークス・メンが活動した一五九二～九三年の期間、一五九二年のクリスマス・シーズンを除いて、彼らはすべての時間を地方巡業に費やしたと思われます（ただし、一五九二年にロンドンの商業劇場で一時的に活動しており、これについては235ページで触れます）。

では地方巡業中、「ヨーク・ランカスター家」と「ヨーク公爵の本当の悲劇」はどのように上演されたのでしょうか。一部には、「ヨーク・ランカスター家」と「ヨーク公爵の本当の悲劇」の存在を、地方巡業のために作られた「ヘンリー6世パート2」と「ヘンリー6世パート3」の縮小版とみなす解釈も存在します。確かにストレンジズ・メンから分離したペンブロークス・メンは、比較的小さな所帯の劇団だった可能性があります。そのサイズに合うよう、二つの芝居は書き換えられたのでしょうか。

この疑問に答えるためには、エリザベス朝における劇団の地方巡業の実態を把握する必要があります。それにはまず、我々が想像する「地方公演」のイメージを修正する必要があります。ロンドンに商業劇場が誕生し、劇団が劇場オーナーと契約した上で、長期にわたり一ヶ所に居座ってレパートリー制の公演を行なう以前、役者たちにとっての地方巡業はオプションではなく、唯一の活動形態でした。

ほとんどの劇団が地方から生まれ、イングランドの南部、中部を中心に旅しながら、地方の有力貴族の邸宅、市町村のギルド・ホールや公会堂、最悪の場合は露天で、一日もしくは二日の公演を行ない、市長から報酬を得て生計を立てていたのです。一五八〇年代からザ・シアターを始めとするロンドンの常設小屋に本拠を構えるようになった有力劇団も、疫病で劇場が閉鎖された際には地方を旅することを強いられ、中には暑い夏の間、決まって地方に出かける劇団もありました。

薔薇座に腰を据えていたとき、アドミラルズ・メンはほとんど毎夏、地方に出かけていた。

夏の間、長くて三ヶ月間の巡業に出かけることを楽しんでいたようだ。三つか四つの芝居を持って、立ち寄ったところで一つの芝居を一度上演することは、ロンドンでのレパートリー制による慌しい出し物変更に較べれば、休日といってもおかしくなかった。たいていは西か南へ向かったが、ときにはコヴェントリーやレスターまで北に足を延ばすこともあった。水路を使うこともしばしばだった。道具類の荷に加えて、子どもたちやスタッフを引き連れての旅は、荷車や馬に頼るより舟を使ったほうが楽に、多分安上がりに行動できただろう。夏になると、ほとんどの富裕階級はロンドンを離れて田舎の邸宅で過ごした。疫病から逃がれるための場合もあれば、宮廷や裁判所がお休みだからという場合もあった。[*13]

ただし、これはアドミラルズ・メンのような大所帯の、経済的にも恵まれていた劇団の場合です。もっと小さな劇団が、特に疫病のためロンドンを追い出されたような場合、状況はこれほど牧歌的ではなかったはずです。

巡業の意味するもの、それは荷車や馬のあとを歩くことであり、背中に荷物と楽器を背負うことであり、ときには仲間とはぐれることである。ときには町に夜遅く着くこともあった。市長の上演許可を得る必要や舞台をそのつど設置する手間、町中を歩き回って役者が来たことを告知することも必要だった。結局それでも、一日のあがりが一ペンスということもある。芸人はさておき、役者の嫌いな市長に上演を拒否されることもあった。*14

これが、地方を巡業する旅役者の実態に近いといえます。限られた団員数の中、衣裳や大道具・小道具を牛に引かせ、しかも小さな町の集会場や市庁舎を会場にして、ロンドンの劇場でのレパートリーを再現することは不可能です。何らかの形で舞台を縮小するなど、削減が必要となるでしょう。

では、それはテクストにまで及んだのでしょうか。つい最近まで、旅の劇団はそうしたという観測が一般的でした。しかし、さまざまな資料を吟味した結果、必ずしも地方巡業のために脚本を短縮することはなかったという考えが、現在では支配的になっています。

その第一の理由は、それまでロンドンの上演で使っていた自分の台詞を突然カットされることが、役者の立場から考えると非常にやりにくいはずだからです。「パート」と呼ばれる個人の台詞を書いた紙だけを頼りに芝居を把握している役者にとって、例えば「ヘンリー6世パート2」が「ヨーク・ランカスター家」に書き換えられるということは、新作を覚えるのと同様の苦労を強いられます。

いや、驚異的な記憶力を誇ったエリザベス朝の役者にとって、新作を覚えるほうがよほど楽だったかもしれません。彼らが一番嫌がるのは、すでに覚えた台詞やキュー、入退場のタイミングなどに新たな変更を加えられることです。それは現代の役者にとっても同じことでしょう。

次に、劇団員の数について見ていきましょう。エリザベス朝における平均的な劇団の役者数は、一般的に十〜十六人程度であるというのが、今日のおおよそのコンセンサスです。[*15] 例えば、エリザベス朝において劇団サイズの基準となったクイーンズ・メンの場合、大人の役者が十二人程度で、これに女性を演じられる男の子が三人ほど加わりました。ちなみにこの数字には、舞台の進行を支えるスタッフの数は含まれていません。

プロの劇団の規模は徐々に大きくなり、アドミラルズ・メンやストレンジズ・メンのような大所帯の劇団は、二十人程度の役者を擁したとみられます。ロード・チェンバレンズ・メン／キングズ・メンは十六人前後の役者の数をずっと維持し続けました。

地方巡業の旅に出かけるとき、劇団はその規模を縮小したのでしょうか。そもそもロンドンの劇団は、自らを維持するためにどの程度の収入を必要としたのでしょうか。その例を、一五九一〜九二年に薔薇座で長期公演を行なった、ストレンジズ・メンの一日の木戸銭から検証してみましょう。

薔薇座のオーナーでありマネージャーであったヘンズローの克明な記録が残されています。観客の極端に少ない芝居の場合、一日七シリングの木戸銭でした。「セノビア」という芝居で、上演直後にレパートリーから消えています。失敗作の消え去るスピードは、今日のブロードウェイより速かったようです。

新作で客が大入りのとき、例えば「ヘンリー6世パート1」とおぼしき「ハリー6世・新」の場合、三ポンド十六シリングを稼ぎ出しています。ヘンズローの記入した木戸銭の平均値を出してみると、一日三十〜四十シリング（一ポンド半〜二ポンド）程度です。このくらいの額が稼げれば、役者やスタッフの給料を支払い、薔薇座の賃貸料や管理費など諸経費を差し引いても利益をあげられるということになります。

劇団員とその家族を養うために必要な金額は、この数字をもとに想像するしかありません。ある試算によると、十六人の成人した役者を抱えるエリザベス朝の劇団が経済的に持続するためには、劇場のボックス・オフィス（興行収入）が一週で五ポンド必要となるそうです。*16

さて、地方に出た劇団は一回の上演でどの程度の報酬を得ていたのでしょうか。一五九二年に疫病による劇場閉鎖を受けて、地方巡業に出たストレンジズ・メンを例にとります。以下に訪れた町と受けとった報酬を記します*17（金額はシリングで端数は切り捨て）。

カンタベリー	三十	ケンブリッジ	二十	オックスフォード	六
コヴェントリー	二十	グロスター	十	メイドストーン	二十
コヴェントリー	二十	サドベリー	三	シュリューズベリー	四十
レスター	五	バース	十六		

無論、地方貴族の邸宅で上演する際は、食費と宿泊費の心配はしなくてよかったはずですが、金

銭的な報酬は必ずしもよかったわけではありません。前掲の数字からして、仮に地方で一週間に三回ほど上演の機会があったとしても、とてもロンドンのプロの劇団が組織を維持できる額には届かないのです。

確かに地方巡業では、劇場の賃貸料、マネジメントに支払う金額、そのほかロンドンで劇場を使用する際の諸経費はかかりません。しかし、地方自治体から支払われる平均報酬はどう見ても少なすぎますし、これで地方を回るには、思い切った劇団員やスタッフの削減が必要だったはずです。[*18]地方巡業における劇団の規模は、役者の数が十人程度と思われます。[*19]となれば、小劇団や地方の劇団の人数はもっと少なかったことでしょう。「ハムレット」の場合、旅役者は四人で演じています。

手持ちの芝居を少ない人数で地方公演するということは、台本をかなり短く、簡素化することが求められます。しかし、そうした改訂が行なわれた形跡は見当たりません。前述したように、むしろロンドンの芝居をそのまま持って行ったとする見方が、現在のコンセンサスとなりつつあります。[*20]

先に言及した役者にとっての不便もありますが、それ以上に芝居を書き換えるということは、宮廷祝典長から新しいライセンスを得る必要を意味します。そのためには、さらなる出費と時間、そして書類提出という煩瑣な準備が必要で、劇団幹部が喜んでそれをしたとは思えません。従って、規模を縮小した状態で、ロンドンで上演した長さの芝居を地方で演じるという奇妙な、矛盾する仮説が生まれてしまいます。

しかしこの問題は、ロンドンの芝居をそのまま地方に持って行ったという前提から起きるものです。ですから、何らかのダイジェスト化したものを上演したと考える方が現実的です。一つ、あるいは複数の芝居から、いくつかの場面を抜き出したものを上演したと考えることが自然でしょう。加えて、エリザベス朝につきものの音楽つきのコミカルな踊り「ジグ」や、道化のスタンダップ・コメディアン的パフォーマンス、あるいは曲芸や手品の類いなどを上演することで、エンターテインメントに飢えた地方の観客は十分に満足したのではないでしょうか。無論、地方貴族の邸宅にあるホールでの上演は例外だったはずですが。

ペンブロークス・メンのレパートリーにある「ヨーク・ランカスター家」「ヨーク公爵の本当の悲劇」をノーカットで、ロンドンよりはるかに少ない団員で上演することは不可能です。台本が長過ぎるし、必要なキャストの数が途方もなく多いのです。ある試算では、「ヨーク・ランカスター家」をフルに上演するには、二十四名以上の子どもを含めた役者が必要となります。*21 しかもこれは、一人の役者が複数の役を演じるダブリングをしたと仮定した上での話です。

実際、「ヨーク公爵の本当の悲劇」を上演するには二十二人の役者が必要です。これは旅に出た劇団の能力を超えています。「ヘンリー6世パート2」「ヘンリー6世パート3」よりかなり短くなったとはいえ、「ヨーク・ランカスター家」は二二二三行、「ヨーク公爵の本当の悲劇」では二一一四行あります。

一五九〇年代前半に上演された芝居の平均的な長さが二〇〇〇行程度とすれば、シェイクスピアはおそろしく長い芝居を書いたのです。「ヘンリー6世パート2」に至っては三四六六行、「ヘンリー6世パート3」は三二四六行もあります。おそらく、「ヨーク・ランカスター家」「ヨーク公爵の本当の悲劇」の長さが、ロンドンで実際に上演された現実を反映しているのでしょう。

ましてや、F1の「ヘンリー6世パート2」「ヘンリー6世パート3」という二つの芝居が、地方でそのまま演じられたとか、デビューしたとするのは、紙の上での議論でしかありません。このことは、「ヨーク・ランカスター家」を舞台にかけた際の技術的問題を直視すれば、すぐに納得できます。

「ヨーク・ランカスター家」の上演には、悪魔が現われて消える「奈落」や、死体が発見されるカーテンで隠された舞台奥のスペース、エレノーが現われるバルコニーなどが必要です。地方の町村でこれらの舞台装置を設置することは、まず期待できません。この事実は、「ヨーク・ランカスター家」のテクストが地方の市町村舎屋や貴族のホールではなく、ロンドンの商業劇場で使われた上演台本を元にしていることを意味しています。

ペンブロークス・メンが使うことのできた劇場は特定できませんが、候補としてザ・シアター、その前にあるザ・カーテン、テムズ川南のニューイントン・バッツがあげられます。いずれにせよ、「ヨーク・ランカスター家」も「ヨーク公爵の本当の悲劇」も、地方都市でその全体像が日の目を見ることはなかったはずです。

ペンブロークス・メンとストレンジズ・メンの地方巡業ルートの比較

一五九二～九三年のストレンジズ・メンとペンブロークス・メンの地方巡業を地図で再現すると次（238・239ページ）のようになります。[*22] 現在、各市町村の記録に残っているものだけなので、これ以外にも両劇団が訪れた町はあるはずです。バースの記録では、ストレンジズ・メンとペンブロークス・メンへの報酬が続けて記入されているので、同日、あるいはあまり間隔を置かずに両劇団が上演したことを示しています。時には行動をともにした、あるいはジョイント上演をした可能性も否定しきれません。

時間の流れでいえば、まずイングランド南東部を回ったと思われます。この地帯はロンドンと近く、しかも平地で交通の便がよい（テムズ川沿いに海路を用いることも可能）ため、伝統的に役者を確実に受け入れる町が多かった地域です。地方の町には、役者を追い払うために何がしかの金を払うようなところも少なくありませんでした。イングランド中央部のレスターやコヴェントリーは、中世の時代から演劇に理解があり、旅の劇団が必ず立ち寄る町でした。

注目すべきは、地図には現われていない山岳地帯に入るウェールズ、およびそれに接する地方の町です。まだ、道の整備されていないこの地域に、ストレンジズ・メンは足こそ踏み入れていますが、シュリューズベリーを訪れた記録しか残っていません。シュリューズベリーは劇場があったことで知られており、この地域に入る劇団にとっては魅力的な町でした。

一方のペンブロークス・メンは、さらにラドローとビュードリーも訪れています。ラドローはウェールズの大きな町で、伝統的にウェールズ総督の居城がありました。ウェールズ全体を統轄するウェールズ特別区会議の開かれる場所でもありました。ペンブローク伯爵ヘンリー・ハーバートも、ウェールズ総督として晩年はここで時間を過ごすことが多かったようです。

そもそもハーバート家の祖先はウェールズ人なので、ヘンリーも故郷の自宅ではウェールズ語で会話をしていたともいわれています。ラドローをペンブロークス・メンが訪れた際の家事記録に、次の記載が残されています。

「一つ、総督閣下の役者たちにニュー・ハウスで白ワインと砂糖一クオート、十二ペンス」

これは、砂糖入りの白ワイン（「砂糖」が菓子類でなかったとしたなら）十二ペンス分を与えたという意味でしょう。「ニュー・ハウス」はもてなしを受けた場所なのか、芝居を披露した場所なのか定かではありませんが、文脈から推しておそらく前者のことでしょう。一五八九年か一五九〇年に、クイーンズ・メンがラドローを訪れた際、城を去るときに十ペンスの砂糖入りの白ワインを与えたという記録があります。白ワインで役者をもてなすのは、この城の慣習だったのでしょう。

また、クイーンズ・メンが十シリングの報酬を受けたと記録されているのに、ペンブロークス・メンの方には報酬額が記されていません。これは、記入を失念しただけなのか、それとも金銭的報酬がなかったことを意味するのでしょうか。そして、そのときペンブローク伯爵は在宅していたのでしょうか。残念ながら、これらは想像に任せるしかありません。

さらにストレンジズ・メンは、ビュードリーという小村にも足を運んでいます。ビュードリーと

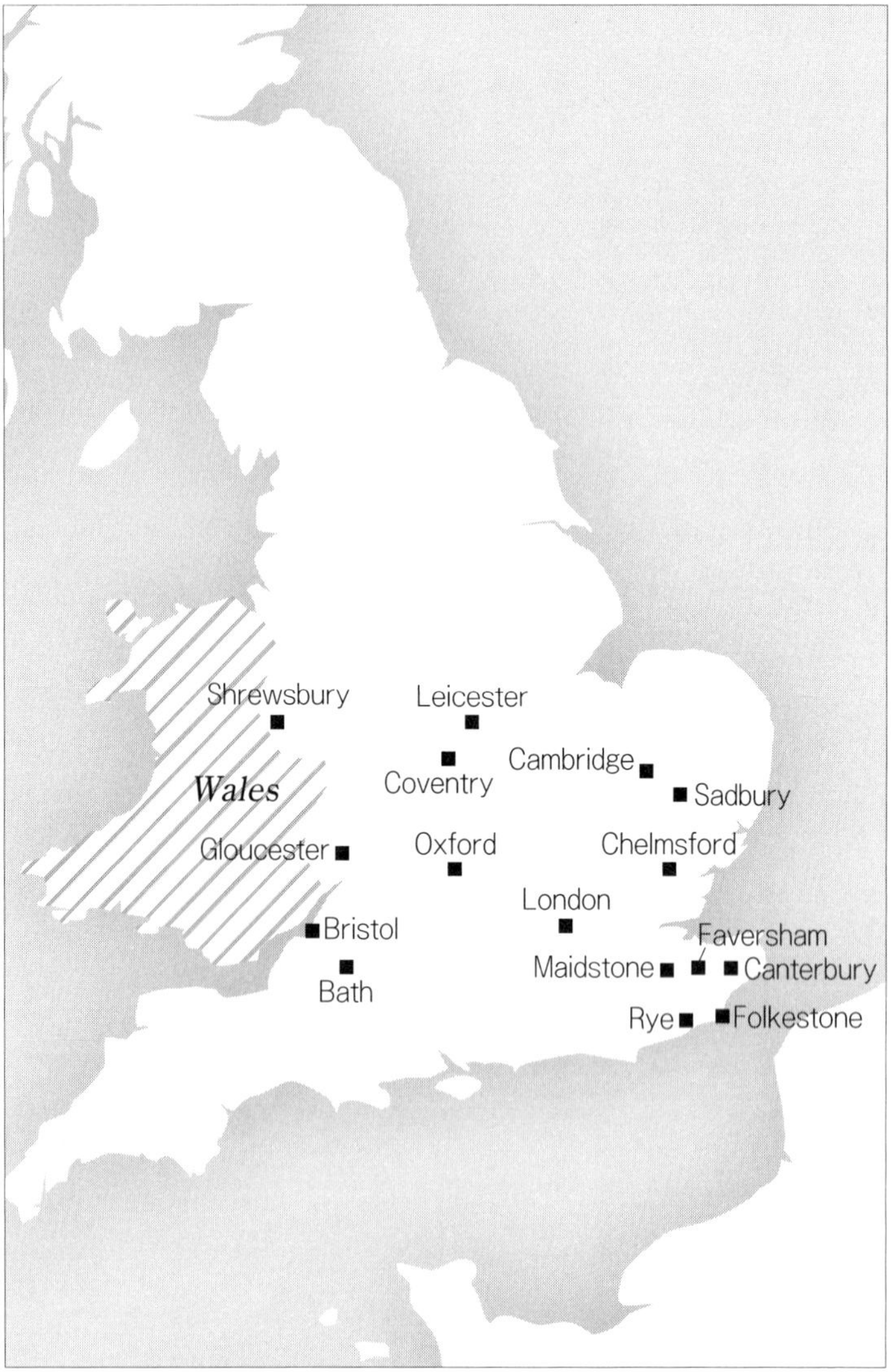

ストレンジズ・メンの地方巡業（1592 ～ 93）

ペンブロークス・メンの地方巡業(1592〜93)

いえば、ペンブローク伯爵夫人メアリーの生誕地であり、彼女が幼少時代を過ごした土地です。夫とともにウェールズのラドローで多くの時間を過ごしたメアリーも、ビュードリーに足を延ばすことがあったのかもしれません。

ペンブロークス・メン訪問時の家事記録には、次のように書かれています。「総督閣下の役者たちに二十シリング支払う」。二十シリングという金額は、他の町で支払われた金額に較べてかなりの好待遇と考えてよいでしょう。「女王陛下の僕」ことクイーンズ・メンの当時得ていた報酬が、二十シリング程度の相場だったことはその裏づけとなります。

ペンブロークス・メンはシュリューズベリーも訪れていますが、ここでもカンパニーの名前は「総督閣下の役者たち」でした。ペンブロークス・メンがこの一帯で、ヘンリー・ハーバートの「リヴァリー」（家来であることを示す衣裳、はっぴ）を身につけた集団として認知され、それにふさわしい待遇を受けていたことがわかります。

ストレンジズ・メンとペンブロークス・メンの地方巡業の足跡をたどってみると、印象的なのは二つの劇団が持つ「ホーム」の感覚の違いです。ストレンジズ・メンはストレンジ卿ファーディナンドの「リヴァリー」を印に、地方の自治体に受け入れられました。とはいえ、主の邸宅があるランカシャーのレイサムやノーズリーには、足を延ばしていません。

確かにランカシャーは遠地ではありますが、それ以上に、「自分たちはロンドンの劇団で、ロンドンが活動の拠点である」と考えている役者が多くを占めていたと想像されます。自宅も家族もロンドンという役者がほとんどだったことでしょう。彼らはスタンリー家のランカシャーを「ホーム」と感じることはなく、完全に都市型の劇団へと変貌しています。

一方、ペンブロークス・メンは明らかにパトロンを頼り、パトロンの故郷であるウェールズ、もしくはその周辺地を「ホーム」とする感覚があったようです。これは、ストレンジズ・メンのように薔薇座を本拠地にロングランの興行を行なった実績が、ペンブロークス・メンにはなかったからと考えられます。

彼らの旅路を眺めてみると、不慣れな地方巡業で徐々に疲弊していく劇団が、やっとの思いでパトロンの居住する地域にたどり着き、そこでしばしの安楽をえたのち、仲間のストレンジズ・メンとはぐれて、一五九三年夏に破産寸前の状態でロンドンに戻った、というシナリオが浮かび上がってきます。

別の見方をすれば、ランカシャーのスタンリー家を振り出しに、私的な役者のグループに始まったストレンジズ・メンは、ロンドンの宿にこしらえた露天の仮舞台で上演を続けながら、地方巡業のノウハウも徐々に身に着け、ついにはロンドン演劇界の中心的存在にのし上がるまで、経験と人脈を蓄積してきた劇団です。それに対し、そこから枝分かれした劇団として歴史の浅い、もしかすると若手が中心だったかもしれないペンブロークス・メンは、地方巡業で生き延びていくためのしぶとさと経験知を持っていなかったと考えられます。

ここで、ペンブロークス・メンが各町で受け取った報酬を記しておきます。ストレンジズ・メン同様、端数は切り捨ててあります。

ライ　十三　　バース　十六　　ビュードリー　二十　　シュリューズベリー　四十
コヴェントリー　三十　　イプシッチ　十三　　レスター　十四　　ヨーク　四十

同じ町が各劇団に支払う金額の差で、それぞれの劇団の威信とパトロンに対する敬意を読みとれるとすれば、コヴェントリーがペンブロークス・メンに三十シリング、ストレンジズ・メンに二十シリング、レスターがペンブロークス・メンに十四シリング、ストレンジズ・メンに五シリングを支払っているという事実は、興味深いものがあります。

この二つの町は伝統的に役者たちに理解のある土地柄で、地方巡業で劇団の立ち寄ることが多かった町です。ストレンジズ・メンが事実上、アドミラルズ・メンと合体した規模の大きい劇団だったことを考慮すれば、少なくとも地方自治体の首長の目にペンブロークス・メンは、ストレンジズ・メンと同等、あるいは格上の集団と見られていたとも解釈できます。しかし、このことについては資料が限られており、エリザベス朝におけるイギリス貴族の地方での政治的威信についても簡単には判断できないため、これ以上詮索することは避けた方がよいでしょう。

シェイクスピアはペンブロークス・メンの団員だったのか

さて、シェイクスピア自身は、このペンブロークス・メンの苦労が多かったであろう旅に、役者として参加していたのでしょうか。残念ながら、肯定的な材料は一切見当たりません。むしろ否定的な、おそらく決定的な事実が一つあります。

一五九三年四月、書籍出版業組合記録に登録、出版されたシェイクスピアの処女長編詩「ヴィーナスとアドーニス」、そして一五九四年五月に同じく登録、出版された長編詩「ルクリースのレイプ」の存在です。この二つの詩はサウサンプトン伯爵に捧げられ、シェイクスピアは熱心な献辞を伯爵に対して書いています。シェイクスピアが何らかの形で、サウサンプトン伯爵に接近しようとしたことは明らかです。

なぜこの時期に、なぜサウサンプトン伯爵か、という問題にここでは触れません。しかし、シェイクスピア自身が一介の役者、劇作家であり続けることに不安を感じていたことが、一番の原因だったのかもしれません。

ヘンリー6世3部作や「リチャード3世」「タイタス・アンドロニカス」などの人気劇で、ライバル劇作家の反感を買うほどのインパクトをもってロンドンの演劇界に出現したシェイクスピア。しかし、当時の役者の社会的地位は決して彼を満足させるものではありませんでした。一五九〇年代の「役者」は、物乞いや現代のホームレスと同一視された、「うさんくさい」「まっとうでない」職業だったのです。

当時の政府はこうしたホームレスの規制にやっきになり、何度も法律を作りました。ストラットフォードに残した妻と三人の子どもに安定した生活を約束し、かつ両親の期待——特に紋章を得て「ジェントルマン」と呼ばれることを望んでいた父ジョンの息子に託す希望——に応えなくてはならないという強い気持ちが、シェイクスピアにはあったはずです。

明日の生活が保障されない舞台という不安定な環境をいつか離れ、ストラットフォードに土地を購入して、シェイクスピア家を帯刀が許された「郷士」の仲間入りさせたい。演劇上のキャリアはそのための方便にすぎない。そのための長期的計画が、この時からシェイクスピアの胸中にあったはずです。一五九三年、もうじき三十歳に手が届く人生の岐路に、シェイクスピアは立っていたのです。

役者兼劇作家としての活動を続けながら、かつ苦労の多い地方巡業に参加し、短期間の間に「ヴィーナスとアドーニス」「ルクリースのレイプ」を書き上げるというのは至難の技です。ストレンジズ・メンのためにヘンリー6世3部作を提供したあと、一五九三年一月に疫病悪化による枢密院の劇場閉鎖令が出たことは、劇場以外に将来の道を模索しようとしていたシェイクスピアにとって恰好のチャンスでした。

おそらく、役者兼劇作家として所属していたストレンジズ・メンが地方巡業に出かけるのを機に、シェイクスピアは別行動することを決めたと思われます。あえてロンドンに留まったか、あるいは疫病の危険のない場所に一時身をおいて、かねてから温めていた長編詩の構想を現実のものとしたのでしょう（サウサンプトンの私邸にこの間、滞在したとするのはまったく根拠がありません）。

二つの詩、特に「ヴィーナスとアドーニス」が版を重ね、オックスフォードやケンブリッジの大学や法学院の学生たちの間でもてはやされ、当時のソネット集のブームとあいまって、シェイクスピアは「詩人」としての名声を確立しました。

しかし、彼が期待したサウサンプトンからの援助はついに得られず（サウサンプトンはバーリー卿ウィリアム・セシルに莫大な金銭を支払わなくてはならない可能性があったため、若い無名の詩人を庇護下におく余裕などありませんでした）、結局、シェイクスピアは劇場に生活の糧を求めることを強いられました。そのあたりのシェイクスピアの落胆と沈痛は、ソネット百十番に見られる「私はあちこちを渡り歩き、人々の面前で道化のように自らを笑いの種にした」という言葉の、自己卑下ともとれる諦めの気持ちと重ねあわせることができるかもしれません。

第五章——注

1 E K Chambers, *William Shakespeare: A Study of Facts and Problems* (Oxford: the Clarendon Press, 1988 [1930]) vol.1, 277.

2 E K Chambers, *The Elizabethan Stage* (Oxford: the Clarendon Press, 1965 [1923]) vol.4, 311.

3 Chambers, *William Shakespeare*, vol.2, 314.

4 Scott McMillin & Sally-Beth MacLean, *The Queen's Men and Their Plays* (Cambridge: Cambridge University Press, 1998) 60-62.

5 *The Elizabethan Stage*, vol.4, 107.

6 Ibid. 297.

7 Andrew Gurr, Three Reluctant Patrons and Early Shakespeare, *Shakespeare Quarterly* 44 (1993), 171. 同じく Andrew Gurr, *The Shakespearian Playing Companies* (Oxford: the Clarendon Press, 1996) 71-73.

8 Margaret P Hannay, *Philip's Phoenix: Mary Sidney, Countess of Pembroke* (Oxford: Oxford Univ. Press, 1990) 22.

9 Mary Edmond, Pembroke's Men, *Review of English Studies* 25 (1974), 130.

10 David George, Shakespeare and Pembroke's Men, *Shakespeare Quarterly* 32 (1981), 307-13. Scott McMillin, Simon Jewell and the Queen's Men, *Review of English Studies* 27 (1976). Karl P Wentersdorf, The Origin and Personnel of the Pembroke Company, *Theatre Research International* 5 (1980), 59-60.

11 David Kathman, Reconsidering *The Seven Deadly Sins, Early Theatre* 7 (2004).

12 Jonathan Bate ed., *Titus Andronicus* (Arden 3rd Series), 99. W W Greg, *Dramatic Documents from the Elizabethan Playhouses* (Oxford: the Clarendon Press, 1931), 87, 216. W W Greg, *The Shakespeare First Folio* (Oxford: the Clarendon Press, 1955) 114-17.

13 Andrew Gurr, *Shakespeare's Opposite* (Cambridge: Cambridge Univ. Press, 2009) 72-73.

14 David George, Shakespeare and Pembroke's Men, 320.

15 Peter Thomson, Rogues and Rhetoricians, *A New History of Early English Drama* (New York: Columbia Univ. Press, 1997) 340. David Bradley, *From Text to Performance in the Elizabethan Theatre* (Cambridge: Cambridge Univ. Press, 1992) 50-51. Andrew Gurr, *Shakespearian Playing Companies*, 59 f. Scott McMillin & Sally-Beth MacLean, *The Queen's Men and Their Plays*, 60-62.

16 Peter Davison, ed. *Richard III* Q1 (New Cambridge Shakespeare, 1996) 42 f.

17 資料はE K Chambers, *William Shakespeare*, vol.2, 314-18による。

18　Bradley, Gurr (*Shakespearian Playing Companies*) は、これとは反対の立場をとる。

19　E K Chambers, *The Elizabethan Stage*, vol.1, 332 note. Peter Davison, 44.

20　Bradley, *From Text to Performance*, chapter 3 The Travelling Companies. E K Chambers, *William Shakespeare*, vol.1, 215; *The Elizabethan Stage*, vol.1, 332 note.

21　Bradley, Appendix, Cast-lists of Public Theatre Plays from 1497 to 1625.

22　資料は E K Chambers, *William Shakespeare*, vol.2 Appendix D, Performances of Plays による。これ以降の Strange's Men, Pembroke's Men の地方巡業のデータ、引用はすべてこの研究より。

エピローグ

ペンブロークス・メンが訪れたイギリス南西部のバースで、役人が報酬を記した際に「折れた弓の弁償にペンブローク閣下の役者から二シリング受領」という但し書きをつけ加えています。ペンブロークス・メンが芝居を上演したときに、小道具として町から借りた弓を壊してしまい、これを弁償したのでしょう。ただでさえ少ない報酬から二シリングを引かれるのは痛かったし、壊した役者はこっぴどく幹部にしかられたはずです。

「ヨーク・ランカスター家」もそうですが、特に「ヨーク公爵の本当の悲劇」は戦闘シーンの連続で、弓矢、槍、甲冑などの武器や装具は舞台効果上、必須のものでした。一方、小道具には割と無頓着だったエリザベス朝の役者やマネージャーは、衣裳には大枚をはたきました。当時の観客が、衣裳の視覚的インパクトを強く求めたからです。

「ヘンリー6世パート3」2幕6場に当たる、「ヨーク公爵の本当の悲劇」のシーン冒頭のト書きに、「クリフォード入場、首に矢が刺さっている」とあります。この演出は、F1ヴァージョンには見られません。たいへん衝撃的な入場で、舞台効果としては満点でしょう。ペンブロークス・メンはこの場面をどうやって処理したのか、またこれはロンドン公演の際のト書きなのか、それとも地方で上演する際の抜粋したスタイルでのト書きなのか、などと想像するのは楽しいものがあります。

こうした戦闘場面はイギリス史劇の売り物です。スチュアート朝になってイギリス史劇が衰退し、過去の古くさい芝居と化したのを揶揄して、ベン・ジョンソンは「十人十色」のプロローグで、「三つの錆びた刀でヨークとランカスターの長い争いを演じる」と書いています。これは、明らかにヘンリー6世3部作を念頭に置いたものでしょう。ジョンソンの批評を裏返しにすれば、「三つの錆びた刀」に代表される戦闘場面こそが一五九〇年代には客を呼んだのです。

ペンブロークス・メンの「折れた弓」がなにかを物語っているとしたら、地方公演で彼らの演じた戦闘シーンが思いのほか激しかったこと、そして役者たちの熱い息遣いなのでしょう。

あとがきにかえて

本を書くという仕事は、あとになると、あれも書けなかった、これも言っていなかったという、悔いの残る部分を残すものです。本書も例外ではありません。たくさん集めた資料の中で、使い切れなくて日の目を見なかった断片が今も頭をよぎります。そうした断片が将来結びつき、大きく成長して、また新しい芽吹きを見せてくれるかもしれませんし、「お蔵入り」のままかもしれません。

そんな気がかりな「子ども」が、シェイクスピアとほぼ同時代を生きたサヴェッジという姓の男たちです。「スタンリー・コネクション」に登場するランカシャー在のジョン・サヴェッジと、グローブ座の土地を購入する際に管財人を務めたトマス・サヴェッジについては、四章で紹介しました。

本稿で書き残しましたが、このトマス・サヴェッジは一六〇七年に亡くなったあと、遺書の中で、ラフォードのトマス・ヘスケスの未亡人に遺産の一部を与えています。若いシェイクスピアが奉公したかもしれない、あのトマス・ヘスケスです。「スタンリー・

コネクション」を通じて、シェイクスピアと二人のサヴェッジのかかわりは深まるばかりです。
ちなみに、シェイクスピアの劇団の同僚であり、一六二三年のF1編者の一人であるジョン・ヘミングズは一時、トマス・サヴェッジの所有する家に住んだことがあり、トマスの死後、ヘミングズはその家を購入しています。

トマス・サヴェッジのように、劇場周辺で土地売買を行ない、役者と深い関係があったサヴェッジがもう一人います。ラルフ・サヴェッジという人物で、多くの劇作家に仕事の口利きをしたり、金を貸したりしていました。彼は一六二〇年代、「レッド・ブル」という劇場でヘンズローがしていたような仕事に就いていたようです。
グローブ座誕生の際に名前のあがったトマス・サヴェッジと関連づけたくなる衝動は押さえ難いものがありますが、これ以上の情報は得られていません。

少し時代はさかのぼりますが、エリザベス朝劇場界隈にもう一人のサヴェッジがいます。ジェローム・サヴェッジという男で、彼に関しては比較的資料が残っています。もともとはワリック伯爵の劇団メンバーでしたが、一五七六年にロンドンの郊外南部に土地を借り、将来「ニューイントン・バッツ」という劇場となる建物を作って自分のカンパニーの芝居を上演しました。十八年後、一五九四年に、ロード・チェンバレンズ・メンが、アドミラルズ・メンと一緒に「タイタス・アンドロニカス」、「原ハムレット」、*The Taming of a Shrew*などを上演したのをこけら落としに、ロンドンで産声をあげた劇場です。

この男、ジェームズ・バーベッジのように、少しやくざな性格の持ち主だったらしく、いかがわしい芝居をやっていると怒鳴り込んだ大家に罵声を浴びせ、刀を家から持ってきて脅し、追い返しています。最後のタンカで、「おれにはお偉い方がついているんだぞ」と、あのジェームズ・バーベッジとそっくりな台詞を吐いています。

このジェローム・サヴェッジの劇団には、将来クイーンズ・メンの幹部役者となるダットン兄弟も加わっていたようで、さほどいかがわしい劇団ではなかったようです。事実、一五七〇年代の中頃にこの劇団は、ワリック伯爵の庇護のもとでロンドン随一の人気を博していたということで、一五七五〜七六、一五七八〜七九年の宮廷クリスマス・シーズンに招かれて上演を果たしています。劇団の名前は「ワリック伯爵の僕ジェローム・サヴェッジの劇団」となっています。

ジェームズ・バーベッジのザ・シアター劇場と、ジェローム・サヴェッジのニューイントン・バッツ劇場は期せずして同じ頃に建てられ、七〇〜八〇年代を通じてロンドン郊外の北と南に位置して、のちの大衆劇場隆盛の準備をしたといって差し支えないでしょう。その意味で、二人はパイオニアと呼べます。

もう一人ついでに、といってはなんですが、どうもサヴェッジという姓の人間には芝居好きな人物が多いというエピソードです。チェシャイア（ランカシャーに南接した、サヴェッジ一族の故郷）のチェスターという町の市長で、ジョン・サヴェッジという人物がいます。よほどの芝居好きだったらしく、教会からの禁止令に背いて、カトリックの伝統である聖霊降臨の祝日に行なう祭りの村芝居を強行しました。これには町議会の中でもかなりの抵抗があったようです。これが原因で後日、ジョンはロンドンの枢密院から呼び出しを受け、きついお灸をすえられたようです。

この出来事を境に、チェスターで聖霊降臨の祭りが行なわれることはなくなりました。明らかに、ジョンは中世以来の祝祭が次々と消えていくことを、そして村の季節の楽しみが宗教改革の故になくなっていくことを残念に思っていたようです。「真夏の世の夢」で描かれている「ミッド・サマー・デイ」の、この日だけは若い男女が夜、森に集まっても誰も目くじらたてぬ古き良き慣習が失われることに、シェイクスピアも同じ感慨を持っていたことでしょう。この市長さんとは結構、馬があったのではないでしょうか。

今のところ、これらのサヴェッジたちを結びつける糸は見つかりません。しかし、気になる彼らです。

最後に、亜璃西社のコピー・エディターの井上哲君にお礼を述べさせて頂きます。リライトでは本当にお世話になりました。この種の文章を書くときは、いつも「わかりやすく」を心がけて書いてきましたが、今回、こうした一般読者向けの本を書いて、「わかりやすい」が必ずしも「読みやすい」とは限らないことを思い知らされました。最後は、井上君のリライトをほとんどそのまま採用する形になりました。「余白の美学」を始め、漢字を使いすぎないこと、読点を効果的に使うことなど、「読みやすい」本の書き方をたくさん学ばせてもらいました。井上君、感謝しています。

二〇一二年二月二十三日　札幌市真駒内の自宅にて

平松哲司

平松 哲司（ひらまつ・てつじ）

千葉県市川市生まれ。上智大学英文学科卒業。ミシガン州立大学（Michigan State University）英文学科修士、博士課程修了。Ph.D 取得。早稲田大学教育学部非常勤講師、上智大学嘱託講師を経て、1988年より札幌・藤女子大学英語文化学科教員。現在、同大学教授。専門はシェイクスピアとイギリス・ルネッサンス劇、および詩。

趣味は、自分で録音した演奏と歌をCDにすること、薔薇と椿を育てること、英語の絵本を集めること。

折《お》れた弓《ゆみ》

シェイクスピア
「ヘンリー6世」3部作の起源《きげん》

二〇一二年四月一七日　第一刷発行

著　者　平松《ひらまつ》　哲司《てつじ》
編集人　井上　哲
発行人　和田　由美
発行所　株式会社亜璃西社
札幌市中央区南二条西五丁目六−七
メゾン本府七〇一
TEL　〇一一−二二一−五三九六
FAX　〇一一−二二一−五三八六
URL　http://www.alicesha.co.jp/

印　刷　株式会社アイワード